万感の想いをこめて首筋にくちづけられる。応えるように中の雄を喰い締めると、自分なりの愛の言葉に瑛士は一層抽挿を深くした。

執《しゅう》愛《あい》の楔《くさび》

宮《みや》本《もと》れん

ILLUSTRATION：小《お》山《やま》田《だ》あみ

執愛の楔

LYNX ROMANCE

CONTENTS

執愛の楔

「本日は十時から経営戦略会議、十一時から幹部会がございます。十三時からは――」

淀みのない口調で秘書が一日の予定を読み上げている。

怒濤《どとう》のスケジュールにも顔色ひとつ変えず、和宮《かずみや》玲《あきら》は黒い革張りのデスクチェアに腰を下ろした。

室内にはコーヒーの香りが漂っている。もともとカフェイン系の飲みものはあまり得意ではないが、仕事のスイッチを入れる意味で週のはじめだけ活用している。今朝もいつものように白磁《はくじ》のカップを傾けながら玲はメールに目を通しはじめた。

この椅子に座るようになって早《はや》一ヶ月。

先代から譲り受けた社長室は、自分にはまだまだ広く感じられるばかりだ。重圧を少しでもやわらげようとブラウンで統一された室内にはホテルさながらの落ち着いた雰囲気が漂う。朝のうちは自然光を採り入れ、夕方ともなれば間接照明が壁にやわらかな光を映《うつ》して、ささくれた神経を和《なご》ませてくれた。

よく磨《みが》かれたキャビネットや応接ソファは代々受け継いできたものと聞いている。そんな部屋の中でも一際《ひときわ》存在感を放つ美しいマホガニーのデスクには、けれど残念なことに不格好に書類が積み上げられ、部屋の美観を著しく損なわせていた。

週末は極力残件がないようにして帰るというのに、月曜にはニュースレターだなんだと溜まっているからうっとうしい。雑然とした光景に玲は忌々《いまいま》しげに目を眇《すが》めた。

さっさと片づけなければ……。

心の中で呟《つぶや》きながら眉間に皺《しわ》を寄せる。小さな頃から感情を押しこめてばかりいたせいで、そんな表情は今やすっかり玲に馴染《なじ》んだものだ。色素の薄い髪や肌は線の細さとあいまって儚《はかな》げな雰囲気を醸《かも》したし、どこか日本人離れした中性的な面差しも剣呑《けんのん》とした空気をうまくオブラートにくるんだけれど、それでも言葉を発した途端に第一印象を裏切るとはよく言われた。

――わかっている。自分は融通の利かない男だ。気が強いのをうまく隠して愛想のひとつもふり撒《ま》けばトントン拍子に進むようなことも、真正面から膝を突き合わせようとして結果的にギスギスさせてしまう。そんなところは商才に長《た》けた父親には似なかったなと玲は小さくため息を吐《つ》いた。

そうしている間にも秘書である中里秀吾《なかざとしゅうご》はひととおりの確認を終え、最後に携《たずさ》えていた書類の束をトレーに追加する。恨めしげな視線に気づいた彼はそれさえも苦笑で受け流した。

「あいかわらずだな」

そこに先ほどまでの堅苦しさは微塵《みじん》もない。秘書であると同時に同じ大学出身の従兄弟《いとこ》は、朝のお務めは済ませたとばかり気負いなく話しかけてきた。

「面倒なら、ひとつずつ俺が読み上げてやろうか」

「結構」

「遠慮しなくていいんだぞ」

「それぐらい自分でできる」

憮然《ぶぜん》と書類に手を伸ばす玲を見て、秀吾はおもしろそうに笑っている。

従業員七百人を抱えるこの会社で、社長である自分にこんな反応をするのはこの男ぐらいのものだ。けれどそんな肩肘《かたひじ》張らない態度は重圧で雁字搦《がんじがら》めになりがちな玲の気持ちをやわらげ、いつからか秀吾といる時だけはほっとする自分がいた。

チラと見ると、時計の針はもうすぐ九時を回ろうとしている。一連の会議がはじまる前にできるだけ書類の山を崩していかなければと勇《いさ》んで上から目を通しはじめたものの、いくらも読み進まないうちに今度は深々と嘆息《たんそく》することになった。

会議の二日前までに出すよう指示している事前報告書は誤記だらけで、先月の売り上げもグラフと分析結果が合っていない。右も左もわからない新入社員が作ったならまだしも、これをまとめたのはいずれも重鎮《じゅうちん》と呼ばれる幹部連中だ。わざとデタラメなものを出して、経験の浅い自分が見抜けるかどうか試そうという腹づもりなのだろう。

「……暇な連中だ」

報告書をトレーに投げ戻す玲に、秀吾は小さく肩を竦《すく》めた。

「それ、そのまま言うなよ？」

「売られた喧嘩《けんか》は買う主義だ。選別ぐらいはしてやるがな」

「まったくおまえは気の強い……」

そう言って眉を下げる。精悍《せいかん》な貌《かお》立ちが気負いなく崩れるところが身近に感じられていいのだと、以前女子社員たちが話していたことを玲はぼんやりと思い出した。

自分が恋愛どころか他人に興味がないせいで頓着《とんちゃく》したことなどなかったけれど、世間一般的に見て秀吾はモテる部類に入るらしい。平日は夜遅くなることが多いが、器用な彼は仕事をきっちりこなしながらも時間をやりくりしてうまく遊んでいるのだろう。

皆が秀吾のような人間だったら仕事もしやすいだろうに。

つい子供じみたことを考えてしまい、そんな己に顔を顰《しか》める。

それを見た秀吾は、苦笑しながら人差し指で自分の眉間をトントンと指した。

「また恐い顔になってるぞ」

「だからどうした」

自分は年がら年中こんな顔だ。見飽きているくせに今さらなにを言うのかと目で問うと、秀吾は堪《こら》え切れないとばかりに噴《ふ》き出した。

「おまえさ、顔はいいんだから顰め面《つら》するなよ。せっかくの美人が台無しだ」

自分には不似合いな言葉に玲はますます渋面《じゅうめん》を作る。

「男に言う褒《ほ》め言葉じゃない」

「そうか？」

「そうだ。それに、もし仮に俺が女だったとしても、遊び人に褒められてもちっともうれしくない」

にべもなく切り捨てると、秀吾は「心外だなぁ」と身を乗り出して来た。

「言っとくが、俺は遊び人なんかじゃないぞ。これでも好きなやつを一途《いちず》に想い続けてる」

「恋人がいたとは初耳だ」

「バカ。想い続けてるって言ったろ。……片想いなんだよ。おまえにゃわからんだろうが」

自分で言っていて恥ずかしくなったのか、秀吾はごまかすようにガシガシと後ろ髪を掻《か》く。照れた時の彼の癖《くせ》だ。学生時代から見慣れているとはいえ、スーツを着ていても大型犬に見えるものだなと玲は心の中でひとりごちた。

「それより和宮はどうなんだよ」

不意にボールが投げられる。これもまた、昔から何度となくくり返されてきた質問だ。自分の答えなど聞かなくてもわかるようなものなのに、それでも毎度律儀《りちぎ》に訊《たず》ねてくれるのが秀吾らしい。

「残念ながら、色恋事はまったくな」

肩を竦めてみせると、秀吾は少しほっとしたような、どこか残念そうな複雑な顔をした。

おかしな男だ、他人の恋愛事情を気にするなんて。

そんなことまで気にかけてくれるのは彼が自分の秘書だからだろうか。それとも世話焼きの性分《しょうぶん》が黙って見過ごせないのだろうか。こんなに焚《た》きつけ甲斐のない相手もないだろうに。

玲が自嘲《じちょう》していると、唐突《とうとつ》に内線が鳴った。すぐさま秘書の顔に戻った秀吾がデスクから受話器を取り上げる。

「おはようございます。社長室の中里です。……はい、いらっしゃいますが……」

こちらを窺《うかが》う眼差《まなざ》しには若干の戸惑《とまど》いが見て取れた。相手がどれだけ目上であろうと物怖《ものお》じしない彼にしては珍しい。

それでも押し切られる格好で、腑《ふ》に落ちない顔のまま秀吾は受話器を元に戻した。

「今すぐ会長室に来てくれ、だそうだ」

「今すぐ？　随分急だな」

一瞬首を捻ったものの、すぐに椅子を立つ。会議までにある程度仕事を片づけておこうと思っていたのだがしかたない。どんな目的であるにせよ、先代に呼ばれて行かないという選択肢《し》はないのだ。

秘書に二、三の指示を伝えるなり、玲は重厚な造りのドアを開けた。


玲が社長を務めるここＨＩＢＩＫＩは、全国にも複数店舗を展開している老舗《しにせ》の楽器メーカーだ。ＣＤやＤＶＤなどの音楽メディア、楽譜、音楽関連書籍の販売の他、都心店舗の弦楽器フロアには工房を併設し、常駐している職人によっていつでも楽器の調整や修理を受けられることを売りのひとつにしている。十階建ての本店にはピアノ専用フロアやレセプションフロアなども設け、業界屈指の品揃えと集客率を誇った。

そんな本店と肩を並べるように銀座《ぎんざ》一等地にオフィスを構えているのがＨＩＢＩＫＩの本社ビルになる。エグゼクティブ・フロアと呼ばれる幹部だけに立ち入ることを許された廊下を闊歩《かっぽ》しながら、玲は壁に飾られたパネルを見るともなしに見遣《みや》った。

社歴ともいえるモノクロ写真は創業者のポートレートにはじまり、HIBIKIと関係の深い音楽家の演奏風景や、職人が楽器を調整している様子を写したものもある。歴代社長が並ぶ中には、創業以来の辣腕《らつわん》家と呼ばれた父親の顔もあった。

先代は一代で会社を大きくしただけでなく、長年に亘《わた》って経営の実権を握ったことで半ば《なか》神格化され、名実ともにHIBIKIの支配者として君臨し続けた。武勇伝には枚挙《まいきょ》に遑《いとま》がないほどの豪傑な人で、還暦《かんれき》をとうに過ぎての社長引退だったにも拘《かか》わらずいまだ惜しむ声は絶えない。

そんな彼の最後の夢が、遅くにできた一人息子に職を譲ることだったという。

――夢、か……。

思わず写真の前で立ち止まる。

母親によく似たせいか、自分が父親に近いと思えるところはあまりない。物心ついた頃には朝から晩まで、それこそ休みの日さえも家にいなかったような人だ。遊んでもらった記憶はほとんどなく、数少ない思い出の中でもいつも二言目には「おまえは大事な後継ぎなんだから」と言われ続けた。

習慣とはおかしなもので、くり返されているうちにそれが身体に染みついてしまう。自分は会社を動かすために生まれ、育てられたのだと、今にして思えば幼い頃から自覚していた。

父親は今年で六十五になる。年齢を考えれば、このタイミングでの社長交代が限度だっただろう。あと十年、せめて五年でも経験を積んでからバトンタッチできればとは思ったが、それは考えても詮《せん》ないことだ。彼の最後の夢のために存在するのが自分なのだから、引き受けた以上は立派に勤め上げなければならない。どんな酷評に晒《さら》されようとも――。

「おや、社長」

不意に声をかけられ、過去に馳《は》せていた気持ちが断ち切られる。ふり返ると、そこには顔色の悪い痩《や》せた男が立っていた。

経理部部長の由沢《よしざわ》だ。売り上げ報告の際には達成率の低い部門の担当者にねちねち厭味《いやみ》を言うのをなにより愉《たの》しみにしているような男で、正直あまり近づきたくない。

そんな彼が、目を半開きにしながら検分するように顔を覗《のぞ》きこんで来た。

「朝のお忙しい時間でしょうに、こんなところでお散歩とは随分と余裕がおありのようですな」

男にしては高い声が地味に神経を逆撫《さかな》でする。

「そう見えますか」

落ち着いて返すと、由沢はさらに口元を歪めた。

「迷子にでもなりましたかな。……まぁ、でもこの広さに慣れないうちはねぇ」

エグゼクティブ・フロア常連の男は薄ら寒い余裕を見せつける。玲が言葉少なに「用があるので」と話を終わらせようとしても、お喋《しゃべ》りに夢中な由沢は獲物を離そうとしなかった。

「そんなもの秘書に任せればよろしいのに、ご自分でなさるとはおやさしい方ですねぇ。平社員の頃の癖が抜けないんでしょうか。それとももしや、まだそういった仕事に興味がおありだとか？」

落ち窪《くぼ》んだ目がつけ入る隙を探して怪しげに光る。見ていると気分が悪くなりそうで、玲は相手に聞こえないようにそっとため息を漏らした。

まったく、うんざりするほどよく喋る男だ。

けれどこういった声は由沢に限らず、先代の崇拝者や次期社長の椅子を狙《ねら》っていた一部の幹部連中からは当然のように挙《あ》がっている。実際のところ、創業八十余年という老舗メーカーを継ぐには玲は二十九歳とまだ若く、先代と比べなにかと見劣りするのは否《いな》めなかった。

由沢は顔に薄笑いを貼りつけているけれど、胸中ではこんな若造が跡を継ぐなど分不相応だと思っているのだろう。彼とて虎視眈々《こしたんたん》と椅子を狙っていたうちのひとりだ。息子というだけで社長のポストに収まった自分を恨めしく思っているに違いない。

「由沢さん」

なおも喋り続けようとする彼に向かって名を呼ぶと、由沢は一瞬驚いて言葉を切った。けれど反論に備えるべくすぐに不敵な笑みを浮かべる。そのいちいちに苛立《いらだ》っていては身が保《も》たないとわかっていても、心のささくれは大きくなるばかりで気の安まる時がなかった。

これ以上話していても時間の無駄だ。言葉でわかり合えるとはとても思えない。

「すみませんが、急いでいますので」

そう言いながら足早に真横を擦り抜ける。

「そちらは会長室ですよ。お間違いでは？」

「ご親切に」

軽く会釈《えしゃく》するに留めた玲に由沢はなおもなにか言っていたけれど、構わずに歩きはじめた。自分が父親に言いつけに行くとでも思ったのだろうか。そんなの子供でもあるまいし。

——いや、子供だと思われているのだ。

内心、即座に否定する。自分はそう見られているということだ。親の威光を笠に着て、蝶よ花よとちやほやされるだけの存在なのだと。

「冗談じゃない」

苦々しく吐き捨てる。自分がどんな思いでここに立っていると思うのだ。今日こうして在《あ》るために、一体どれだけのものを犠牲にして来たと思っているのだ。

洗い浚《ざら》いぶち撒けてやりたい衝動に駆られ、玲は自戒するようにこぶしを握った。

相手は、自分の足を引っ張ろうとしている存在だ。そんな輩《やから》に己の生い立ちを語ったところで餌《えさ》を与えるに過ぎない。つけ入る隙を与えてはならない。二度と仕組まれた頂点に甘んじてはならない。あの時のように苦い思いをするのはもうたくさんだ——。

玲は大きく息を吸いこむ。

過去の経験から学んだはずだ、必要なのは力なのだと。誰にもなにも言わせないほどの力ですべてをねじ伏せてやるのだと。そのためにも、一日も早く一人前にならなければ。

自分に言い聞かせながら会長室の前に立つ。ノックの応《いら》えを待ってドアを開け、玲は思い切って中へと足を踏み入れた。

「お待たせいたしました。お呼びでしょうか」

「あぁ、来たか」

ソファに腰かけていた先代が待ち兼ねたように立ち上がる。今日は随分と機嫌がいいのか、先ほど見た写真とは別人のようにおだやかな顔をしていた。

家でも会社でも厳しい表情をしていることが多かった父親だけに、目の前に出るといまだ無意識に緊張してしまう。そのせいで、奥に先客がいたことに気づくのが遅れた。

長身の男は玲を見るなり立ち上がって恭《うやうや》しく一礼する。黒髪をゆるく後ろに撫でつけ、三つ揃いのスーツを着こなす美丈夫だ。軽く会釈を返しながらも玲は心の中で首を捻った。

ここにいるということは幹部クラスの人間だろうに、どうも見覚えがない。いくら人の顔を覚えるのが苦手といっても、こんな印象的な男を忘れるはずがないのに。

目を逸《そ》らすことも忘れて見入っていると、射貫《いぬ》くような黒い瞳が眼鏡の奥で意味ありげに光った。

「……っ」

それを見た瞬間、息を呑《の》む。背筋をぞくりとしたものが駆け抜けた。

なんだ、こいつ……。

目に見えない、ピンと張り詰めた空気がふたりの間を支配する。それを破ったのは父親だった。

「まぁまぁ、そんなところに立ってないでこちらに来なさい。紹介しよう」

「はい」

　ソファを迂回《うかい》して相手の前に立った途端、十センチ近く上から見下ろされる。それが一層威圧感に拍車をかけているようで、玲は負けじと男を見上げた。

「社長時代、私の第一秘書をしてくれていた氷堂《ひどう》君だ」

「はじめまして。氷堂瑛士《えいじ》です」

　再度会釈され、訳もわからないままそれに応じる。訝《いぶか》る玲に父親は涼しい顔で「おまえの教育係を任せることになった」と宣《のたま》った。

「教育係、ですか」

　慌《あわ》てて瑛士の顔を見、それから先代に視線を戻す。

「これまでと違って、なにかと気負うことも多いだろう。心構えを学ぶ機会だと思えばいい」

「会長……」

　突然の決定事項にうまく言葉が続かない。それが父なりの親心だとはわかっていても、無意識に溜めこんでいたもやもやとしたものを見透かされたようで妙に居心地が悪くなった。

　確かに、自分は社長職を継いだばかりの新米だ。

　それに引き替え、目の前の男は若いながらも堂々とした貫禄《かんろく》があり、秘書時代はさぞや立派に勤め上げたのだろうと思わせる風格が漂う。自分の周囲にはいないタイプといっても過言ではなかった。

　これまでは、由沢のように厭味を言うことだけを生き甲斐に、年功序列の甘い汁を吸う連中ばかりを相手にしてきた。まともな報告ひとつよこさず、のらりくらりと言い逃れるのに痺《しび》れを切らし、玲自ら計画の指揮を執《と》ったこともあったが、逆に現場を混乱させただの、ワンマンだのと揶揄《やゆ》されて気が滅入《めい》りかけていた。

　それでも自力でなんとかしなければと思っていた矢先、こうして先回りをされてしまうと己の未熟さを突きつけられたようで、もやもやがさらに大きくなる。

　黙ったままの玲を遠慮していると取ったのか、父親は安心させるように力強く背中を叩いた。

「氷堂君はおまえの六つ上だ。歳の近い先輩としてなにかと参考になることも多いだろう。優秀な男に鍛《きた》えてもらうといい」

　成長した姿が楽しみだと笑う先代に瑛士も微笑《ほほえ》み返している。

　秘書の中でも第一秘書はとりわけ役員に近いポジションで、時にはプライベートにまで立ち入ってすべての調整事項を取り仕切る。阿吽《あうん》の呼吸で話しているふたりを見ていると、片や肉親であるにも拘わらず自分だけが蚊帳《かや》の外にいるような、妙な疎外感に襲われた。

　なにを考えてるんだ……。

　余計なことを考えそうになった自分を叱咤《しった》しながら、勧められたソファに座り瑛士と向かい合う。

　そんな玲の一挙手一投足《いっきょしゅいっとうそく》に目を凝《こ》らしていた瑛士は、ややあってふっと口元をゆるめた。

「とてもいい目をしていらっしゃる。さすがお血筋がものを言いますね」

　玲は驚いて顔を上げる。

「社長職を継がれて間もないというのに、もう人を引きつけるオーラのようなものをお持ちだ。普通の人間ではこうはいかないでしょう。まさに品格と言うにふさわしい」

熱っぽく語りながらも、どこか冷めた目に居心地の悪さを感じ、玲は慌てて首をふった。

「なにか誤解されていませんか」

自分は持ち上げられるほどの人間ではない。そう言うと、瑛士はとんでもないと身を乗り出した。

「皆がそうであるように、私も社長に惹《ひ》かれたひとりです。こうしてご紹介いただける日を心待ちにしておりました」

「な……」

自分を妬《ねた》むものがいるように、社内には権力に阿《おもね》る輩も多い。そういった連中は機嫌を取ろうととかく甘言《かんげん》を囁《ささや》くものだが、瑛士のそれは媚《こ》びどころか慇懃《いんぎん》無礼にさえ思えた。なにを考えているのか読めない分、上っ面だけ諂《へつら》う人間よりも質《たち》が悪い。淡々と続くなめらかな声に惑わされぬよう、玲は意識してそれを聞き流すことに努めた。

床をさまよっていた視線がふと、瑛士の靴先に止まる。

よく磨かれた黒のプレーントウは下ろしたてのように美しく、皺ひとつないスーツや綺麗に整えられたネクタイからも彼の几帳面な性格が窺われた。軽く組まれた手は大きく、男らしく節くれ立っている。そうやって無意識のうちに視線を上へ上へと這《は》わせていた玲は、瑛士の唇が弓形を描いているのを見てはじめて我に返った。

「そんなに見つめられるとは思いませんでした。私は社長のお眼鏡に適《かな》いましたか？」

からかうような口調で言われ、頬がかっと熱くなる。その瞬間、どうしようもない悔しさが胸を過《よ》ぎった。

普段から極力感情を表に出さぬよう意識しているだけに、こうして不意に崩れたところを人に見られるのが堪《たま》らなく嫌いだ。自分をコントロールできない人間だと思われるような気がして秀吾にも見せたことがなかったし、父親の前でも言わずもがなだ。

それをこんな、初対面の男に晒してしまうなんて。

不愉快さを極力押しこめ、再度能面のような顔に戻る玲とは裏腹に、瑛士は「いいものを拝見させていただきました」と眼鏡のブリッジを押し上げる。冷たい瞳にはついさっきまではなかったはずの、どろりとしたなにかが滲《にじ》み出ているように見えた。

玲自身、昔から己の容姿が人目を引くことはなんとなくわかっていた。他人にペースを乱されぬよう心を許したことは一度もないが、決して人と馴れ合おうとしない玲を周囲は高嶺《たかね》の花に喩《たと》え讃えた。

羨望と欲望の入り交じった視線に晒されたことはあっても、こんなふうに不躾《ぶしつけ》な視線に絡まれたことはない。臆《おく》することも阿ることもせず、まるで獲物を狙うような目でじっと見つめて来る男に玲は思い切って口を開いた。

「氷堂さん」

名を呼んだのは、さりげなく注意を促《うなが》すためだ。

「私は社長の部下ですので、どうぞ氷堂とお呼びください」

けれどまったく効果をなさないどころか、年上の相手を呼び捨てするよう言われて面食らう。それでも瑛士はお構いなしに冷たい目のまま口元に笑みを浮かべてみせた。

なにを考えているのかわからない男だ。それが教育係だなんてますます気が重い。父の薦《すす》めでなければとっくに断っているだろう。けれどそれはつまり裏を返せば、先代の推薦である以上、玲にノーと言う権利はないということだった。

豪腕な父親には子供の頃から逆らったことがない。そんなことをしても無駄だというのもあったし、後継ぎとして敷かれたレールは疑いようのないものだったからだ。

とはいえ、人間としての父にどこか近寄りがたいものを感じているのもまた事実だ。それで二十九年過ごしてしまった今となっては、腹を割って話すなどきっと一生できないと思う。

一抹《いちまつ》の寂しさにも似た気持ちを抱える玲をよそに、ふたりを引き合わせた先代は上機嫌で瑛士との思い出話に花を咲かせた。

「弦楽調整部にいた氷堂君に声をかけたのが最初だったなぁ。聞けば聞くほど楽器の知識が豊富で、しかもそれを独学したっていうんだから大したものだ」

「いえ、私程度では……。会長には到底追いつきません」

「今時の若い連中は勉強というものをせん。何事も興味を持ったものには貪欲《どんよく》にならんとな」

「おっしゃるとおりです」

和やかに話すふたりを見ながら、玲はふと耳を欹《そばだ》てている己に気づく。現役時代の父親はどんなふうだったのか、本人から聞く機会がなかっただけに興味をそそられたのだ。

ＨＩＢＩＫＩでは豊富な品揃えを謳《うた》い文句に、料金体系に合った楽器を取り揃えることで長い間客のニーズを満たしてきた。けれどその一方で、楽器の修理や調整といったアフターサービスは万全とは言いがたく、提携している個人工房を紹介するぐらいしかしていなかった。

その仕組みを変えたのが先代だ。

楽器を売るなら長く愛用してもらえなければとの信念の下、売り場に工房スペースを確保し、腕に覚えのある職人を常勤で雇い入れた。自社で一括したサービスを提供することにより納期を大幅に短縮するとともに、職人たちも持ち主の癖を勘案しながらリペアを行えるようになった。

こうした話はクチコミで広まってゆき、今では職人のアドバイスを聞きに店に来る客も少なくない。特に弦楽器フェアのような催し物に訪れた客たちは挙《こぞ》って専門家の意見を求めた。

どんな音が鳴るのか、どれぐらいの音量が出るのかということから、楽器が造られた時代や使用されている素材、弓や弦との相性といった細かいことにまで質問は及ぶ。事実、ヴァイオリンの表面に塗られるニスひとつ取っても溶け出す温度は微妙に異なる。それをわかった上で管理しなければ楽器を傷《いた》めてしまうからだ。

アフターサービスを目的にはじめた自社工房だが、今やそれがＨＩＢＩＫＩの売りのひとつとして広く認知されつつある。試行錯誤した日々に目を細めながら先代は顎鬚《あごひげ》に手を伸ばした。

「職人を引き抜くのが大変だったなぁ。腕一本でやって来た人間というのは頑固《がんこ》者が多くてな」

それまでおだやかに相槌《あいづち》を打っていた瑛士の肩がピクリと持ち上がる。けれど顔がこわばったのは一瞬のことで、すぐに元の表情に戻った。

「まぁ、イタリアの重鎮だって口説き落とした俺にかかればこんなもんだ」

豪快に笑う父親に、瑛士は「あの時は大変でしたね」とおだやかに頷《うなず》いている。その横顔は精巧な作りもののように整っていて、見れば見るほど少しの歪みも想像できなかった。

どこか引っかかったように見えたのは気のせいだったのかもしれない。目を逸らしかけた玲だったが、その途端、絡みついて来た強い視線にすぐに引き戻されることになった。

……え？

瑛士の目が先ほどまでとは明らかに違う。彼の中の感情が今の言葉で目覚めさせられたとでもいうように眼差しは熱を帯び、言葉にできないなにかを孕《はら》んでいた。

初対面の相手にこんな顔をする人間がいるわけがない。もしや自分が覚えていないだけで、自分たちはどこかで会ったことでもあるのだろうか。

気になって社歴を聞いてみると、瑛士はついこの間までは秘書室、その前は経営戦略部に所属していたとわかった。

「俺が秘書室に引き抜いたんだ。彼の腕を見こんでな」

あの時は随分話題になったものだと父親は誇らしげに髭を撫でる。確かに異例の抜擢《ばってき》だ。仕事には人一倍厳しい父親に見出されたというのだから、よほどの凄腕なのだろう。

「和宮社長は、入社後すぐは法務部に入られたのでしたね。それから三年で名古屋《なごや》支社の営業部長に。よく店舗を回られる部長として、お噂《うわさ》はかねがね」

「どうして、それ……」

多少の経歴なら会社のホームページにもあるとおりだが、仕事の仕方までは細かく知りようがないはずだ。

けれど理由を問う声は先代によって掻き消された。

「上に立つ人間は現場のことを知らにゃいかん。客が求めるものを嗅《か》ぎ取るにも、それをいち早く提供するにも、答えは店にしかないからな」

父親は満足そうだ。営業時代叩き上げで育った経験を元に会社を大きくしてきた彼は、当然息子にも同じことを求めた。

「本社に戻られてからは経営企画室長として采配《さいはい》をふるわれ、副社長時代は組織再編にご尽力されました。その後わずか一年で社長就任とは素晴らしいご経歴でいらっしゃいます」

なんなんだ、こいつ……。

身体に染みこんだ知識とばかりにとうとうと語る男に、さすがに少し気味が悪くなってくる。いくらこれから自分が教育する相手とはいえ、ここまで事細かに覚えるものだろうか。

動揺を見抜いたのか、瑛士が爽《さわ》やかな笑みを浮かべる。それが一層腹になにかを抱えているように見えて落ち着かなくなる玲に、先代の右腕と呼ばれた男は静かな声で「和宮社長」と呼びかけた。

「長い間、おふたりを仰《あお》ぎ見ていました。お傍《そば》でお仕えする機会を与えていただき、大変光栄に思っております」

忠実な僕《しもべ》のように先代と玲を交互に見遣る。

傅《かしず》かれるのが好きな父親は心地よさそうに頷いた。

「どうだ玲、今時珍しい男だろう。ＨＩＢＩＫＩを支えて行くのにふさわしい」

「……そう、ですね」

「氷堂君なら俺の傍で酸いも甘いも嚙《か》みわけてきたから頼りになる。この業界、処世術は身につけておいて損はないぞ」

「処世術ですか」

「人や金の動かし方は知っておいた方がいい。それと、面倒な輩のいなし方もな」

ニヤリとする先代に、瑛士は含み笑いながら「お口が過ぎますよ」と窘《たしな》めている。ふたりを見ているうちに心臓が早鐘のように打ちはじめた。

それはつまり――親の威光を笠に着てと自分を揶揄する連中や、青二才になにができると愚弄《ぐろう》してくれた由沢たちをあしらう術《すべ》を身につけられるということか。受け流すばかりでなく力を見せつけ、ぐうの音《ね》も出ないほど叩きのめせるということだろうか。

その様子を想像するだけで身体《からだ》中の血が一斉に沸いた。もしもそんなことができるのなら、そんな力が身につくなら、まさに願ってもないことだ。

玲はごくりと喉《のど》を鳴らした。

瑛士という男は正直まだよくわからない。嫌な印象が払拭《ふっしょく》されたわけではないし、どこか摑み切れない漠然《ばくぜん》とした不安も感じる。けれどその一方で、豪腕の父がこれほど手放しで褒める人間を見たことがないのもまた事実だ。

――この男なら、役に立つかもしれない。

そんな打算が頭を過ぎる。かつて大抜擢を受け、期待に応え続けて来た男だ。少しぐらい変わったところは割り切って、見て見ぬふりをしてしまおうか。

「わかりました」

玲が頷いた瞬間、瑛士がソファから立ち上がる。ローテーブルを迂回してすぐ目の前までやって来ると、教育係は握手を求めてすっと右手を差し出した。

「これからよろしくお願いします。和宮社長」

「こちらこそ、……、っ」

手を取った瞬間、力強く握られる。まるで獲物を手中に収めたと言わんばかりの力に玲は声もなく目を見開いた。先代を背に隠す格好で向けられる挑発的な眼差し。男の口端がスローモーションのように持ち上がるのを黙って見守るしかなかった。

胸の奥がしくりと疼《うず》く。胸騒ぎにも似たなにかが細波《さざなみ》のように全身を覆ってゆく。

咽喉を下げることもできないまま、玲は長いこと瑛士の顔を見つめ続けた。

玲が生まれたのは、緑豊かに整備された地区の裕福な家だった。

ＨＩＢＩＫＩの後継ぎなら楽器ぐらい嗜《たしな》めなければとの父親の一言で三歳からヴァイオリンを習わされ、学校が終わった後も塾に、レッスンにと忙しく、同年代の子供と遊んだことは一度もなかった。周囲の大人たちが自分に期待していることは肌で感じていた。それに応えなければいけないこともなんとなく理解していた。だから将来の夢を聞かれれば迷わず「社長」と答えたし、本当はヴァイオリニストになりたくても口に出しては駄目なのだと幼心《おさなごころ》にわかってもいた。

いけないと思えば思うほど、のめりこむのは人の性《さが》だ。

五線譜に並ぶ音符を指に写し取るのが堪らなく好きだった。心のままに音を紡《つむ》ぎ出せるヴァイオリンは、本音を口にすることすらためらわれる毎日の中で素《す》の自分をさらけ出せる唯一の手段であり、やすらぎでもあった。

そう、あの日までは――――。

「集中できていないようですね」

瑛士の声に、玲ははっと我に返った。

慌てて目の前のディスプレイに意識を戻すものの、一定時間操作しなかったせいでスクリーンセーバーが作動している。報告書を読みはじめたところまでは覚えていたのだが、いつの間にかぼんやりしてしまっていたらしい。

教育係として瑛士が着任してからというもの、昔のことを思い出す機会が増えた。抑圧《よくあつ》されていた子供時代が今の自分に被るせいかもしれない。おかげで必要のないことまであれこれと考えてしまい、集中力が落ちているという自覚がある。

案の定、背後からは嘆息が聞こえた。

「教育係になったからには徹底的に鍛えますと、宣言させていただいたことをお忘れですか」

「……いや」

はじめて会ったあの日、ふたりきりになるなり瑛士が放った第一声だ。

先代には見せたこともないような不遜《ふそん》な笑みを浮かべながら、こちらを見下ろす瑛士の顔が脳裏を過ぎる。目を見返すうちにじわじわと蝕《むしば》まれそうな錯覚に襲われ、慌てて顔を背《そむ》けたのだった。

以来、彼のことはただの部下だと思うようにしている。年上でも、ましてや社会経験豊富な先輩でもない。そうでもしないと、目に見えないなにかに押し潰されてしまいそうな気がしたのだ。

自分たちは上司と部下だ。それ以上でも、それ以下でもない。しっかりしなければ。

己にいい聞かせ、玲は壁にかかった時計を見上げる。

十時からの会議まであと一時間。それまでに決裁しなければならない案件が四つ、押さなければならない印《いん》が八つ、処理するメールに至っては数えられないほどだ。

幹部の頃から迅速さを求められる場面は多かったものの、社長ともなると自分の決定が即座に会社の業績に跳ね返る。だからどうしても慎重にならざるを得なかったし、経験のない分野に関してはまだまだ軸がブレやすい。先日も不慣れな判断をして瑛士から容赦《ようしゃ》ない駄目出しを食らったばかりだ。現に今も、知識の乏しいプロモーション関連の報告書を前に戸惑っていたところだった。

瑛士はため息を吐きながら眼鏡のブリッジを押し上げる。

「わからないからお手上げだとでも言っていただければ、手取り足取りご指導させていただきますが」

「俺がそんなことすると思うのか」

「それならこうして眺《なが》めていれば、いつの間にか仕事は終わるとでも？」

こうしている間にも会議の時間は刻々と近づいている。

焦《あせ》る玲に、瑛士は漆黒の目を冷たく眇めた。

「あらためて業界の動向からお話ししないといけないようですね」

瑛士は自らのノートパソコンをプロジェクターに接続する。ライムストーン張りの白壁に直接画像を投影させながら、「既にご存知のこととは思いますが」と語りはじめた。

「ＣＤやＤＶＤなどの音楽ソフトの売り上げは業界全体として低迷が続いています。本店総面積の三分の一を音楽ソフトで占めているＨＩＢＩＫＩとしても見過ごせる状況ではありません」

経営陣とて手を拱《こまね》いてきたわけではない。老舗メーカーの看板を武器にレコード会社と組んで様々なキャンペーンを行ったり、最上階にあるレセプションホールで記念イベントを開いたりと販促《はんそく》には力を入れて来た。

これからの時期、特にベスト盤などのリリースが集中する年末の二ヶ月間は音楽ソフトの販売が活発になる。年間総生産額の二割を占めるこの時期に狙いを定め、大きく仕掛けていく必要があると締め括《くく》った瑛士は、トレーに埋もれていた報告書を引き抜きマホガニーのデスクに広げた。

「ノイエ・エンターテイメントとのコラボレーションをメインに検討が進んでいます」

今話題の海外ストリング・デュオだ。ＣＭに起用されたのをきっかけに注目が集まり、過去作品が飛ぶように売れているという。クリスマスシーズンに合わせて日本ではじめてのオリジナルジャケットが発売されると聞きつけた渉外《しょうがい》部が既に動いていると聞き、その対応の早さに圧倒された。

「おそらく、この年末で最も数字を動かすもののひとつになるでしょう。法務部で契約が締結され次第、詳細なプロモーション計画について販促部から報告が上がる見こみです」

瑛士は既に何手も先を読んでいる。きっと彼の頭の中には年末の、そして来年のＨＩＢＩＫＩ像が具体的に描かれているのだろう。

けれど玲にはどうもピンと来ない。これまで社内の反発にばかり目が行っていたせいで、プロモーションにまで頭が回らなかったのだ。

そんな玲に、瑛士はやれやれと肩を竦める。

「随分と興味のなさそうな反応ですね。個人的な好みの問題なら頭から追い出していただけますか」

「いや……、そうじゃない」

なんと返したらいいのかわからず返事を濁すことしかできない玲に、瑛士はこめかみを押さえながら首をふった。

「トップがそんなに頼りない有様で、部下がついて来るとお思いですか」

「わかってる」

「それとも敵に弱みを見せて、クーデターを起こして欲しいとでも？」

「……っ」

いくらなんでもあまりな言い草だ。睨《ね》めつけると、瑛士は小馬鹿にしたようにふんと鼻を鳴らした。

「あまりに知識が足りていないようですから、これから徹底的に詰めこんで差し上げましょう。もう無理だと言っても問答無用で叩きこみますのでそのつもりで。法学部のご出身というからには覚えは悪くないでしょうから」

これがあの、傍で仕えることを光栄だとまで言った男の言葉か。

玲は苛立ちを悟られまいと奥歯を噛みながら目を逸らす。少なくともこの男は自分の部下だ。礼を失した態度を黙って許しておくわけにはいかない。

「少し言葉に気をつけたらどうだ」

感情を押し殺した声で指摘するものの、瑛士にはあいかわらず通じなかった。

「これまでレールが敷かれた人生をうまくやって来たおつもりかもしれませんが、甘えは許されない立場に立たれたことをきちんと自覚していただきますよう」

「誰が甘えてなど」

「この程度のことに即答できないで、この椅子に座る資格などない」

　ピシャリとはねつけられて二の句を呑む。悔しいけれど図星だった。

　瑛士は手早くノートパソコンを終了させる。そうしてゆっくりとデスクチェアの後ろに回りこむと、退路を断つように玲の両肩に手をかけた。

「いいですか、あなたは社長だ。ＨＩＢＩＫＩを生かすも殺すもあなた次第だということを、どうぞゆめゆめお忘れなく」

　なめらかな指先が肩から鎖骨《さこつ》、ネクタイのノットを通って首筋へと這い上る。人差し指と親指で顎を捉《とら》えられた瞬間、我に返った玲は慌てて男の手をふり払った。

「俺に触るな」

「随分と初心《うぶ》な反応をなさるんですね」

「うるさい。おまえは俺の部下だろう」

　形のいい眉がピクリと持ち上がる。

「教育係には従っていただきましょう。私の言うことは、会長の言葉と思って聞いていただきますようにに」

「……！」

　印籠《いんろう》を突きつけられ、悔しいけれどそれ以上の反論ができなくなる。

　急におとなしくなった玲に、瑛士は小さく吐き捨てた。

「世の中はつくづく不公平だ……」

親の威光を着た無能だと言われているようでカチンと来る。

けれど玲が詰め寄るより早く、瑛士は芝居がかった仕草で肩を竦めた。

「とにかく――――あなたには変わっていただかなければなりません。お預かりした大切なご子息がなにひとつ成長せぬまま辞職に追いこまれたとあっては会長の顔に泥を塗ることになりますし、あなたもそうなりたくはないでしょう？　少しは骨のあるところを見せていただかないと社長の肩書きが泣きますよ」

「おまえに言われるまでもない」

「それはそれは」

唇を噛んだところで秘書が迎えにやって来る。第三者の登場に一触即発《いっしょくそくはつ》の空気は掻き消され、それきり反論するタイミングを失ってしまった。

そのせいだろうか、行き場をなくしたもやもやとしたものがいつまでも胸中で蠢《うごめ》いている。はっきりとした形にはならない、けれど見過ごせるほど甘くもないなにかが静かに自分を蝕みはじめていると気づいたのは、次の日、瑛士が再び社長室を訪れた時のことだった。

また今日も厭味を言われるのかとうんざりしながら顔を上げた玲は、差し出された花束にまじまじと目を見開く。

大輪の白い薔薇《ばら》だ。

飾り気のないシンプルな花束が却《かえ》って長身の男の美貌《びぼう》を際立たせている。漆黒の髪に馴染む濃紺のスーツは瑛士のトレードマークのようなもので、落ち着いた雰囲気にノーブルな薔薇がよく似合った。

とはいえ、どうして花なんて……？

内心首を捻る玲に、瑛士は小さく含み笑った。

「すぐそこにフラワーショップがあるでしょう」

確かに交差点の一角に花を売っている店はある。この辺りは劇場や夜の店が多いこともあり、遅くまで営業していても引きも切らずに客が来るのだという。

「だからって、どうして……」

今日は祝いの日でもなければ、社長就任直後というわけでもない。花をもらう理由なんてないと言《げん》外《がい》に断ろうとすると、瑛士はふっと眼鏡の奥の目を眇めた。

「どうもお気に召していただけないようですね」

「俺はおまえの恋人でもなんでもない。花をもらう理由はない」

「理由がなければ花を贈ってはいけませんか」

「ほとんどの男はそう答える」

そう言いながら、大多数の女性もだろうがと心の中でつけ加えた。女性たちの方がもっとシビアだ。訳もわからず花束なんて押しつけられたら気持ち悪いに決まっている。

けれど瑛士は意に介した様子もなく、「社長をイメージして白い薔薇を選んでみたんですが」と肩を竦めた。

「どんなつもりかは知らないが、俺はそういう冗談は嫌いだ」

「冗談？」

「俺を女扱いするつもりだろう」

言いながら玲は忌々しい思いで舌打ちする。

母親譲りのこの顔のせいで昔からなにかと余計な諍《いさか》いに巻きこまれて来たものだ。中には自分を女性扱いしたり、女の子に見えると言ってからかいの種にした輩もいる。

この男も結局は同じかとため息を吐きかけた玲だったが、不意に伸びて来た瑛士の指先に俯《うつむ》きかけた顎を捉えられる。

「誰があなたを女性だと？　こんなにギラギラした目をするくせにね。……まったく、なにを想像していたんです？」

「うるさい。俺に触るな」

手をはね除《の》けると、瑛士は喉奥でククッと嗤《わら》った。

「社長室が殺風景なのも寂しい気がしましてね。象徴的な場所ですし、飾りものでもあった方があなたの部屋らしいでしょう？」

やけに含みのある言い方だ。デスクに置かれた白い花束を凝視《ぎょうし》するうち、それが弔花《ちょうか》のように見えて玲はぶるりと身を震わせた。

この男はなにが言いたい？

ただの気まぐれか、嫌がらせか。暗に社長職にふさわしくないと言っているのか、それともお飾り社長という厭味のつもりか——。

ギリと奥歯を噛み締める。部下にこんな当て擦《こす》りを言われて見過ごすつもりなど毛頭《もうとう》ない。玲は乱暴に花束を摑むと、瑛士の胸に押しつけた。

「これは受け取れない」

「どういう意味だと思ったんです？」

「え？」

怯《ひる》んだ隙を見逃さず、瑛士は再び花束を押し戻す。その口端がニヤリと持ち上がるのを絶望にも似た気持ちで見上げた。

「期限を切って差し上げますよ。この花が散るまでに、少しは満足な仕事を見せてください」

「な……」

カッとなって言い返しそうになるのをすんでで堪える。そんなことをしたところでこの男をよろこばせるだけだと嫌というほどわかっているからだ。

「こんなもの、なくたってやってやる」

低い声で吐き捨てると、瑛士はおもしろそうに片眉を上げた。

「どうだか。あなたの口約束は信用なりません」

「うるさい。おまえになにがわかる！」

反論したら負けだと頭ではわかっていても、こうも馬鹿にされて黙ってなどいられない。それまで堪えて来たものまでもあふれそうになったその時、不意に部屋にノックの音が響いた。

「社長、どうされましたか」

顔を見せたのは秀吾だ。騒いでいるのが隣の秘書室まで聞こえたのだろう。

冷静さを取り戻した途端にバツが悪くなってしまい、まともに秀吾の顔が見られなくなる。どうしたんだと問われても、花を挟んで押し問答していたなんて情けなくて言えなかった。

ふたりを交互に見遣る秀吾に、先に口を開いたのは瑛士だった。

「ちょうどいいところに。薔薇を生けて来てくださいますか」

「薔薇？　なんでそんなものがここに？」

案の定、秀吾は驚いたように玲の持つ花束を見つめている。

瑛士には女扱いするなと言ったくせに、まるで女性がそうするように胸に薔薇を抱いていた自分を見て秀吾はどう思っただろう。プレゼントを嬉々として受け取ったとでも誤解されたら最悪だ。

「中里、違う」

玲はとっさに首をふる。それを見た秀吾は、なぜか眉間に皺を寄せた。

そんなふたりを割り裂くように瑛士が淡々と指示を与える。

「中里さん、あなたには関係のないことです。黙って言われたとおりにすればいい」

「俺の秘書だ。おまえが口出しするな」

「恐い顔ですね。……ふふ。まるで子供の独占欲だ」

嫌悪感を露《あら》わにする玲に眉を上げながら瑛士は愉しそうに口端を上げた。まるでいいものを見つけたと言わんばかりに切れ長の目を細めて秀吾を見遣る。その視線は鋭利ながらも獰猛《どうもう》な光を宿していて、どこか狡猾《こうかつ》な蛇《へび》を思わせた。

ベルベットのようになめらかな声がもう一度「中里さん」と秀吾の名を呼ぶ。逆らいがたいなにかを感じたのだろう、困惑しながらも向き直る秀吾に、瑛士は当然のように言いつけた。

「この部屋にふさわしい花瓶《かびん》を選んでください。いいですか。社長室は品格を問われる。くれぐれも安物を持ちこまないように」

玲から花束を奪い、秀吾に手渡す。我がもの顔で振る舞う男に沸々《ふつふつ》と怒りがこみ上げ、玲は瑛士を睨《にら》み上げた。

秀吾が瑛士とまともに話すのはこれがはじめてだ。秀吾が感じているであろう戸惑いや苛立ちが手に取るように伝わって来る。けれどそんなふたりには目もくれず、瑛士は「あぁ、それと」と指を鳴らした。

「延命剤をたくさん入れておくことです。早々に散ってしまっては愉しめない」

そうでしょう？　と瑛士が流し目で同意を誘う。苛立ちを隠そうともせず顔を背ける玲に瑛士は喉奥でククッと嗤うと、秀吾には早く行けと言うように目で退室を促した。

秀吾はなにか言いたそうにしていたが、それを呑みこんで部屋を出て行く。

ドアが閉まるなり、瑛士はやれやれと肩を竦めた。

「随分と忠実なハチ公ですね。あんなふうに言われても嚙みついて来ないのは、あなたの手前我慢しているか、よほど頭が足りないかのどちらかだ」

「中里は大事な俺の秘書だ。あいつを侮辱するのは許さない」

「ご執心ですか」

「おまえには関係ないだろう」

バッサリと切って捨てる。

けれど瑛士は慌てることもなく、ゆっくりと眼鏡のブリッジを押し上げた。

「残念ながら、私はあなたの教育係です。あなたの気を散らすものは徹底的に排除する義務がある」

「あいつを排除なんてしてみろ。仕事に混乱を来《きた》すに決まってる」

「代わりなんていくらでもいますよ。秘書は芸術家じゃない。マイスターでもない。ただのサラリーマンなんですから」

漆黒の瞳の奥に、一瞬禍々《まがまが》しい炎が見えた。

「ここは会社です。どんな立場の人間だって挿《す》げ替えが利くことをお忘れなく。あなただってうかうかしているとすぐに追い落とされますよ。私にだってできそうなくらいだ」

「誰がおまえなんかに！」

吐き捨てる玲に、瑛士は心底愉しそうに笑みを浮かべた。

「威勢がいいですね、和宮社長。あなたは鍛え甲斐がありそうだ」

「おまえはなにがしたい。俺を追い出したいのか？　それとも社長の椅子が欲しいのか？」

「まさか」

即答され、疑念はさらに大きくなる。

「言ったでしょう、あなたを徹底的に鍛えますと。……もっとも、逃げ出さなければの話ですが」

「誰が」

煽《あお》られているとわかっていても止められない。そして、止めるつもりもなかった。

瑛士は満足そうに「それはよかった」と目を細める。コツ、コツ、とわざと靴音を聞かせるような速度で歩み寄ると、玲の襟元に手を伸ばした。

なにをされるのかと身体がこわばる。首でも絞められるんじゃないかと思わず身を竦めたが、予想
に反して瑛士はネクタイのノットを整えただけだった。

「そんなに怯《おび》えられると、期待に応えなければという気になりますね」

「……冗談」

顔が引き攣《つ》る。軽くいなすつもりが声が掠《かす》れた。

瑛士はゆっくりとネクタイを辿《たど》る指先を見つめる。

「いいえ、本気ですよ。私は中途半端が嫌いなんです。どんなことも、とことんまでやらないと気が

済まない」

どこか病的な眼差しに漠然とした不安を煽られ、玲は魚が酸素を求めるように小さく喘《あえ》いだ。

男は静かにこちらを見ている。まるで一挙一動を目に焼きつけようとしているように、その視線は機械的で容赦がない。中途半端を嫌う性格そのもののような危《あや》うさがそこにはあった。

瑛士の手がネクタイを離れ、心臓の上へと辿り着く。

次の瞬間、指先でパチンと左胸を弾かれた。すべてを見透かすような眼差しがするりと心の奥深くに押し入って来る。

「完璧という言葉をご存知ですか」

驚きのあまり声を出せない玲に、瑛士はなんのためらいもなく告げた。

「今のあなたに、一番足りないものです」

「……っ」

感情など欠片《かけら》も覗かせない闇色の双眸《そうぼう》が見下ろして来る。

気味の悪い視線から無理やりに顔を背け、玲はそのまま踵《きびす》を返した。

「どこに行くんです。さっそく現実逃避ですか」

冷ややかな声に立ち止まり、歯軋《はぎし》りしながら男をふり返る。怒りと同時に怯えを感じてしまったことで頭の中は屈辱感で一杯だ。こんなやつに胸がすくような一言さえ言い返せない自分がなんとも歯痒かった。

わかっていることはただひとつ――――こんな男に負けるわけにはいかない。

人に教えるほどのノウハウがあるというのなら、自分はその技量も人脈も食いものにしてこの業界でのし上がってやる。後釜狙いの古参を黙らせ、権力の亡者をはね除け、最後には瑛士さえも踏み台にして成功してやろうじゃないか。

深呼吸するだけで武者震いが走る。

緊張と興奮の狭間《はざま》、瑛士に向き合いながら、玲は決して屈しないことを己に誓った。

＊

消毒薬の匂いが建物の至るところに染みついている。冷たい壁に身を預けながら、玲は安堵《あんど》とも不安ともつかないため息を漏らした。

足元にはリノリウムの床。延々と奥まで続く薄暗い廊下の両側には一定の間隔でドアが設けられ、部屋番号のすぐ下にはネームプレートが吊るされている。そのうちの一室、父親の名が書かれたプレートをぼんやり見つめながら、いまだ実感の湧《わ》かない現実に目を眇めた。

――――お父さんが倒れたの。

母親から第一報を受けたのは今から二時間ほど前のことだ。珍しく早朝に目が覚めてしまい、時計が五時を指しているのを見て、もう少し眠ろうと寝返りを打った時だった。

電話口で慌てる母親をなんとか落ち着かせ、取るものも取りあえずタクシーに乗った。服装など構っている余裕もなく、おかげで適当な部屋着のままだ。こんなふうに長居するならもう少し考えればよかったと心の中でひとりごち、そんなことを思う余裕が出て来たことに自分自身ほっとした。

倒れたのが朝の早い時間だったものの、場所が自宅だったのと、母親がすぐに気づいて救急車を呼んだおかげで大事に至ることはなかった。

もともとが高血圧で糖尿病を患《わずら》っている父親だ。最近では体重が増えてきたこともあって、医師に生活習慣の改善を勧められた矢先の出来事だった。若い頃がむしゃらに仕事に打ちこんだ人だけに、身体が歳を取っても気持ちは若いままだったのだろう。そろそろ無理が利かなくなっていることを、本人も、周囲も把握しておかなければならない。

それを言って、老《ふ》けこまないといいけどな……。

どう説明したものかと思案していたその時、静かに扉が開いて病室から母親が出て来た。

櫛《くし》を当てていない髪を手で押さえるようにして、少し恥ずかしそうに息子を見上げる。昔から身なりをきちんとすることに口うるさかった人だ。それが対峙《たいじ》する相手への礼儀であり、自分自身の気持ちを正しく保つと教えてくれた人でもある。

玲は安心させるように少しだけ笑った。

「大丈夫だよ。おかしくないよ」

「そう？」

苦笑する母親はほんの二時間前まで右往左往していたのが嘘のようだ。様子見として検査入院にはなったものの、夫の命に別状がないとわかって安心したのだろう。

「朝早くにごめんね、玲」

「俺なら平気だから。……それより顔、洗って来る？　しばらくついてるから休憩して来たら？」

交代を申し出ると母親は一瞬迷うように病室をふり返り、息子を見上げ、ややあって思い切ったように「そうね」と頷いた。

まだ薄暗い廊下を歩いて行くのを見送って、玲もまたドアに手をかける。扉を開けると、広い個室の真ん中で父親がベッドに横たわっていた。腕からは点滴《てんてき》の管《くだ》が延び、目はかたく閉じられている。眠っているだけだとわかっていても強い違和感は拭《ぬぐ》えなかった。

――これがあの人なのか。

自分にとって先代はタフで、豪快で、前に向かって突き進んで行くイメージそのものだ。けれど今、目の前にいる男性からそんな気配は微塵《みじん》も感じられない。ほんの少しの休憩時間、夢の中ですら仕事のことを考えて溌剌《はつらつ》としていた父親が見せる急激な衰えに訳もわからずヒヤリとした。

身が竦むような思いに囚《とら》われながら一歩一歩ベッドに近づく。顔を覗きこむと、いつの間にか睫毛《まつげ》に白いものが混じっているのを見つけて内心さらに動揺した。老いは確実に迫っている。覚悟していた以上のスピードで変化は起こりはじめているのだと今さらながらに思い知った。

あと何年一緒にやれるだろうなんて、ふと縁起でもないことが頭を過ぎる。けれど父親の年齢を考えればそれもしかたのないことに思えた。

自分は、社長として立派にやっているところを見せられるだろうか。後を継がせるのが夢だったと言った父親に納得してもらうことはできるだろうか。

社内の反発分子を力でねじ伏せることを目標とし、教育係に対抗することに闘志を燃やしていたけれど、現実はもっとシビアに、そして着実に足元を侵《おか》しはじめている。早く、本当の意味で彼の後を継げると言えるようにならなければ。HIBIKIを背負って立てるようにならなければ。

焦りで胃がぐうっと迫《せ》り上がる。空っぽの内臓が刺激されたせいで吐き気がこみ上げ、玲はきつく目を閉じてその感覚をやり過ごした。

人の気配を感じ取ったのか、父親がわずかに身動《みじろ》ぐ。何度か眩《まぶ》しそうに顔を顰めてからゆっくりと瞼《まぶた》を開いた。

「……玲」

声が嗄《か》れている。自分で自分の声に驚いたらしい父親は、軽く咳払いをしてからもう一度息子の名を呼んだ。

「気分はどう？　どこか痛いところはない？」

玲はできるだけおだやかに話しかける。気丈な人だけに、下手に刺激して落ちこませたくなかった。

「母さんには休憩に行ってもらってる。俺も今日は一日ここにいるから」

「おまえは仕事に行け」

「でも」

「社長が会社を放り出すな」

その言葉にはっとする。

先代は社長時代、この言葉を信条に一日も休まず勤め上げたのだと聞いたことがある。小さな頃に遊んでもらった記憶がないほど家庭を顧《かえり》みない人ではあったが、その甲斐あってＨＩＢＩＫＩは大きく成長した。その会社を継ぎ、早く一人前にならなければと誓ったばかりだ。

「……わかりました。明日の朝、また来ます」

仕事モードに入った途端、敬語になるのは昔からの癖だ。正しくは入社してからということになるのだけれど、子供の頃から少し遠い存在に感じていた父親とはむしろ敬語で話す方がしっくり来る。

それもおかしな話だがと心の中で独白しつつ、玲は一礼して部屋を出る。途中、休憩室にいた母親にも一声かけ、そのまま時間外出入り口に向かって歩きはじめた。

報《しら》せを受けて飛んで来た時は無我夢中だったけれど、こうして見ると随分と大きい病院だ。今はまだガランとした外来も、診察時間になれば混雑するのだろうと想像しながら廊下を歩いていた時だ。

向こうからやって来た長身の男性に、玲はふと足を止める。驚いたことにそれは瑛士だった。

「おはようございます、和宮社長」

「……おはよう」

あまりに意外だったせいで挨拶《あいさつ》を返すのが一拍遅れる。

「中里さんに聞きまして」

戸惑いが顔に出ていたのだろう、瑛士はこちらから問う前につけ加えた。

母親から電話をもらった際、今日は会社に行けないかもしれないと秀吾にメールしておいたのだ。

優秀な秘書は私情を捨て、社内調整の一環として教育係にも一報してくれたらしい。

「それで、会長の具合はいかがですか」

「あぁ、大事ない。検査入院にはなるが」

「そうですか」

瑛士はなにか考えこむように目を泳がせたものの、すぐに「一目だけでもお目にかかりたいので」と病室の場所を聞くなり階段を上がって行く。その後ろ姿を見送りながら、彼の忠誠心とやらを垣間《かいま》見たような思いがした。

時刻はまだ七時を少し回ったところだというのに、こんな朝早くから病院に駆けつけて来るなんていくら元第一秘書とはいえ熱心なものだ。部屋着姿の自分とは対照的に皺ひとつないスーツに身を包み、ネクタイまで結んで現れた。隙のない出《い》で立ちはまさに仕事人間といった感じで、そんなところが少しだけ父親に似ているように思えた。

どちらも摑みどころがないという意味では同じかもしれない。

小さくため息を吐きながら外に出ると、ちょうど遠くから駆けて来る秀吾が見えた。駐車場から走り通しだったらしく、対峙するなり両膝に手を当ててゼェゼェと肩を上下させている。

「あー、こりゃ完全に運動不足だな。参った」

笑いながら眉を下げてみせるのがおかしくて、玲もついついそれにつられた。瑛士に会ったことで無意識にこわばっていたらしい頬の筋肉が解《ほぐ》れていくのがわかる。

「なにもそんなに慌てなくても」

そう言うと、身体を起こした秀吾は諫《いさ》めるように眉を寄せた。

「おまえが淡々としたメールなんかよこすからだろ。逆に大変なことになってんじゃないかって、こっちは気が気じゃなかったんだぞ」

「驚かせて悪かった」

「……謝んなよ。俺がそうしたくてしてるだけだ」

左手が伸びて来て、まるで大切なものにするようにやさしく髪を梳《す》かれる。今さらながら寝起きの格好が気になって玲は慌てて頭に手をやった。

「そんなにボサボサだったか？」

「いや。……いや、そうだったかな」

「どっちだ」

「そういうことにしといてもらうか」

どういう意味だと問う玲に答えを返さず、秀吾は肩を竦めて笑っている。こんなふうに煙《けむ》に巻くのは学生時代から変わらない。生真面目《きまじめ》に何事も深追いしようとするのをサラリとかわしてしまう彼の手腕はとても年下とは思えず、そのたびに不思議な感覚に囚われるのだった。

見舞いにはあらためて来るという秀吾に促され、駐車場へと肩を並べる。その途中でふと思い出し、玲は口を開いた。

「そういえば、あいつに連絡してくれたんだな」

「あいつ？　……あぁ、氷堂か」

一瞬考えるように空を見上げた秀吾は、思い当たった途端に顔を顰める。そのあからさまな様子がおかしくて思わず苦笑が漏れた。

「俺には顔に出すなって言うくせに」

「あいつに限っては許す。あんないけ好かない男、そうそういて堪るか」

吐き捨てながら秀吾は白いセダンのドアを開ける。彼がプライベートで乗っている車だ。仕事で同乗する時は大抵黒い高級車だけに、ごく普通の、どこにでもある車のカーステレオから朝のラジオが流れて来たのを聞いて、ようやく日常に戻ったようでほっとした。

秀吾は手慣れた様子でギアを入れ、ゆっくりと車をスタートさせる。

「先におまえのマンションに行く。その後で俺ん家寄って、そのまま出社だ」

「わかった」

「早朝会議には間に合わないだろうから、おまえが着替えてる間に連絡しておく。十時の来客までには立て直そう」

玲はもう一度頷いた。今は仕事の話をしてくれるのがありがたい。いろいろなことがあり過ぎて、落ち着いて頭を整理するにはもう少し時間が必要だった。特に病床の父を目《ま》の当たりにした動揺はいまだ胸の奥で燻《くすぶ》り続けている。

なんでもないように受け答えしているつもりでも、秘書にはお見通しだったらしい。信号待ちの間に秀吾がチラとこちらを見た。

「俺の前では、もう少しゴネたっていいんだぞ」

「中里？」

「自分の父親が倒れたんだ。もっと取り乱したっていいし、今日ぐらい休みたいって我が儘《まま》言ってもなんとかしてやるって言ってんだ」

おまえは昔からなんでもひとりで抱えこむんだからな。

ため息とともに呟かれた言葉に、思っていた以上に自分のことを気にかけていてくれたのだと驚く。仕事のみならず、時に私生活までサポートする第一秘書という役職は彼のような男にこそふさわしいのかもしれない。

「……おまえはすごいな」

様々な思いが去来《きょらい》した末に呟いたのはなんの脈絡もない言葉だったけれど、秀吾にはそれで伝わったようだ。

「まったく水臭いやつめ。こんな時ぐらい俺を頼れ」

軽く眉を寄せたまま口端だけを持ち上げて笑う。少しシニカルな笑い方に逆に包容力のようなものを感じて、気持ちが少し楽になった。

信号が青に変わる。

アクセルを踏みこみながら秀吾は秘書の顔に戻った。「これからのことだが」と前置きして、彼は病院に向かう間考えていたことを話しはじめる。

「会長秘書とも相談したが、混乱を避ける意味で今回の件は公表しないことになった。情報が行くのは幹部連中だけだ。これから大事な時期ってこともあるが、下手に詮索《せんさく》されてＨＩＢＩＫＩの株価を落としたくない」

「賢明だ」

豪腕でのし上がった先代の噂は業界中に知れ渡っている。その彼が倒れたとなれば、ここぞとばかりに騒ぎ立てる輩もいるだろうし、重症や危篤《きとく》などと尾鰭《おひれ》をつけて話が広がりでもしたらそれこそ面倒なことになる。不在はただのリフレッシュ中とでもごまかしておくのが適当だろう。

「問題はその間の代役だ。会長秘書はおまえに任せたいと言ってる。俺も同意見だ。もちろん、通常業務は俺が責任を持って調整する」

社長職と会長職、ふたつの手綱《たづな》を一度に捌《さば》く。片方だけでもまだ満足にできない自分にそんな大役が務まるだろうか――玲はわずかに逡巡《しゅんじゅん》し、悩んでも無駄だとすぐに気づいた。自分がそれをやれるかではない。やらなければならないのだ。

おそらく、この件が伝わると同時に「誰が名代《みょうだい》を務めるのか」と幹部連中から声が挙がるだろう。この機会に自らが代行の座に就き、あわよくば先代が復帰した後も特別職として残れるよう画策《かくさく》するに違いない。

無意識のうちに由沢の顔が脳裏を過ぎる。半開きの目が意味深に光った気がして玲は強くこぶしを握った。

そんなことはさせない。明け渡すわけにはいかないのだ。

「わかった」

頷くと、秀吾はほっとしたように小さく吐息した。

「しんどくなったらいつでも言えよ。黙ってひとりで苦しむな」

「心配症だな、中里は」

「ことおまえに関しては甘いんだよ、俺は」

「あぁ、知ってる。……ありがとう」

礼を言われるとは思ってもみなかったのだろう、秀吾が驚いたようにこちらを見る。たまたま右折待ちをしていたからよかったものの、走行中なら危ないところだった。

焦げ茶の目を何度もしばたかせ、確かめるようにじっと顔を覗きこんできた男は、ややあって困ったように苦笑した。

「……まったく。無自覚ってやつは恐ろしいよな」

なんのことだと問うより早く秀吾がラジオを切り替える。車内を満たすアメリカンポップスの陽気な調べにふたりは顔を見合わせてくすりと笑った。


それからというもの、玲を取り巻く環境はガラリと変わった。

これまでずっと傍にいた瑛士だが、会長が倒れたことを受け、元第一秘書としてあれこれと対応に追われているのか姿を見せない。

バタついているのは玲も同じだ。形式化した仕事であればだいぶ要領よくこなせるようになってきたものの、社長と会長の二足の草鞋《わらじ》を履きながらなにかと余裕のない日々を過ごしている。

特に問題なのが名代の方だ。

そもそも、会長職にはこれといって定まった仕事があるわけではない。対外的な地位向上のために業界や地域の活動に力を注ぎ、取引先との人脈維持や関連団体との関係強化に務める役回りだ。

ＨＩＢＩＫＩは楽器小売商組合をはじめとした多くの団体に所属し、さらには音楽振興会も主催している。幹部時代に頭に叩きこんだ知識ではあったが、いざ自分がその場に挑《いど》むとなれば話は別だ。会の規約から読み返さなくてはならない玲には時間がいくらあっても足りなかった。

それでも組合でフェアを行ったり、振興会でスクールを開催したりするぐらいなら名古屋支社でも経験しているのでまだマシだ。厄介《やっかい》なのは本社本店が居を構える銀座という場所柄、地域活動振興会などで地元企業としての務めを果たさなければならないことだった。

もともと人づき合いが得意でない玲にとって、共通する話題もない相手と窮屈《きゅうくつ》な空間で過ごさなければならないというのはそれだけで精神力を削られる。どこの世界にも重鎮と呼ばれる人間はいるもので、在籍二十年などという歴史の生き証人のような彼らに対し、いくら父親の名代とはいえ自分のような青二才が対抗できるわけもなく、定期的に開かれる会合の席は苦痛と呼ぶより他なかった。

年寄りの厭味を受け流す術もなく、酒に弱いせいで呑んで憂《う》さ晴らしすることもできず、フラストレーションは溜まる一方だ。ただでさえ瑛士のことで気を張っていたところに父親の入院騒ぎが起き、仕事は増え、心は静かに疲弊《ひへい》していった。

なにかの弾みでそんな愚痴《ぐち》を零した翌日。驚いたことに、秀吾は夕方からのスケジュールをすべて白紙にしてみせた。

「随分大胆なことをするもんだな」

手帳を見ながら消された予定に眉を寄せる。経理部報告をキャンセルしたら由沢がまたどんな厭味を投げてよこすか考えただけでうんざりとなった。

けれど秀吾は怯まない。

「副社長に任せておけばいい。話はもう通してある」

「どんな理由をこじつけたんだ」

強引な手腕に驚き目を瞠《みは》ると、秘書はポケットから取り出した紙片を開いてみせた。

いわゆる演奏会の案内チラシだ。だがよく見るとコンサートマスターはＨＩＢＩＫＩの常連で、何度か話をしたことがある人物だった。どうやら今夜、彼らの演奏会が開かれるらしい。

顔を上げると、秀吾は少し複雑そうな顔をしていた。

「一度は招待を断ったんだ。あまり忙しくさせるのもアレだし、それに……演奏会だしな」

「中里……」

ヴァイオリンをやめた経緯を知っている彼は、いまだに玲が楽器と向き合うことに気を遣《つか》う。それでも四六時中仕事に追われているのを見兼ね、気分転換になればと予定を組み替えてくれたのだろう。

その気持ちがわかるだけに、玲は安心させるように頷いた。

「お得意様がうちで誂《あつら》えてくれた楽器でソロを弾くんだ。これ以上の大義名分はない」

「和宮」

「それに、最近は老獪《ろうかい》な連中に囲まれてばかりだったからな。少しぐらい息抜きしても罰は当たらないさ」

「……まったく」

秀吾がほっとしたように小さく笑う。

かくして、ふたりは揃ってコンサートホールへと足を向けた。

会場まではタクシーで二十分ほどで到着する。美術館や博物館などが点在する大きな敷地の中で、改札から出た人々を最初に迎えるのがこの歴史を感じさせるホールだった。

ここで弾くことに憧《あこが》れた頃もあった。今やそれも、遠い昔の思い出だけれど。

息を吸いこむたびに憧憬《どうけい》と、緊張と、劣等感のようなものが綯《な》い交ぜになってチリチリと首の後ろを刺激する。そんな自分を玲は小さく頭をふって追い払った。仕事と割り切れるようにならなければ。それに今夜は秀吾が気を遣ってくれたのだ。落ちこんだところは見せたくなかった。

絨毯《じゅうたん》敷きの広々としたロビーを通り、防音扉から離れた特別席へと案内される。場内はほぼ満席で、オーケストラの登場を今か今かと待ち侘《わ》びていた。照明が落とされるのと時を同じくして正装した楽団員たちがステージを埋め尽くす。チューニングを見守るうちに、ざわざわとした気持ちが少しずつ落ち着いてゆくのがわかった。

しんと静まり返った空気を指揮棒が拓《ひら》く。生の音だけが持つ圧倒的なエネルギーは、玲に束《つか》の間柵《ましがらみ》さえも忘れさせた。

もう長いこと遠ざかっていたものだ。けれどどんなに距離を取ったつもりでいても、本能が求めるものからは結局のところ離れられない。己の未練がましさに内心苦笑しながらも、今だけはという思いで玲は舞台を見つめ続けた。

盛大な拍手とともに前半のプログラムが終わり、場内が明るさを取り戻す。交響曲が演奏される後半まではこれから十五分の休憩だ。

「ご招待いただいたお礼にご挨拶をして参ります」

話しかけてきたのは秀吾だ。いつもはフランクに話す彼も、外にいる間は対外的な仮面を忘れない。けれど玲自身が素に戻っていたせいで、普段との違和感に思わず片手で口を押さえた。

「笑いを堪えるならもう少しおとなしくやってくれ」

さっそく自分だけに聞こえる声で苦情が飛んで来る。

「俺も行こう」

「いえ、私だけで大丈夫です。社長はコーヒーでも飲んでらしてください。では」

これ以上一緒にいるとまた笑われるとでも思ったのか、秀吾はさっさと階段を上がって行った。

その背中が防音扉の向こうに消えるのを見送って、さてどうしようかと一息吐く。先ほどの演奏で得た痺れるような感覚がまだ身体に残っている。このままぼんやりしていてもよかったのだが、一度リセットするために玲は秀吾の後を追うように会場を出た。

混み合うロビーを避けて壁伝いに移動し、少し離れたところにある長椅子に腰を下ろす。ここなら落ち着いて過ごせるだろうと窓の外に目を遣った時だ。

「和宮さんじゃありませんか」

声がした方に顔を向けると、ＨＩＢＩＫＩが大型楽器を卸《おろ》している大手量販店の社長が立っていた。

名前は確か筒井《つつい》だったか。社長就任直後の挨拶回りの際、名刺を交換した覚えがあった。

「筒井社長、ご無沙汰しております」

玲は椅子を立ち、頭を下げる。父親と同年代の筒井は貫禄のある男で、日頃から多くのメーカーとやり合っているだけあってなんとも言えない威圧感があった。

大型店舗を中心に展開する彼の店は、主に家族連れがターゲットだ。そこにピアノを扱ってもらうことで、子供から大人まで幅拾い年代の客に販売する機会を得ることができる。本店では売り場面積が限られる分、ＨＩＢＩＫＩブランドを拡充していくための大切な得意先のひとつだった。

挨拶をした後も筒井はなぜかこちらをじっと見ている。おかしな顔でもしていただろうかと不安になってきた頃、筒井はわざとらしく乾いた声でハハッと笑った。

「いやぁ、声はかけたものの本当に和宮さんだったかなと思いましてね。先代は随分豪傑な方だったけど、そこは似なかったんですねぇ」

またも大きな声で笑われ、ますますどうしたらいいのかわからなくなる。玲がまごついていると、筒井の方から「立ち話もなんですから」と椅子を勧められ、そのまま並んで腰を下ろした。

ぽつぽつと話した後だったか、筒井は世間話の続きのようにおだやかな声で切り出した。

「ところで最近、うちの店でフロアの再配置を検討してましてね」

先ほどより幾分小さい声量に、玲は身を屈《かが》めるようにして耳を傾ける。

「ほら、いろんな商品があるでしょう。最近じゃ海外の安い製品も質が上がって来ましたしね。そういうのをお客さんは欲しがるわけですよ。僕らとしても、売れるものは積極的に売って行きたい」

「はい」

「店にとって必要なのは、売れる商品と、店にお客さんを呼ぶための商品だと僕は思っていましてね。お客さんを呼ぶための商品は、毎日こそは売れないけれどもくり返し店に足を運んでもらう、いわば呼び水です。そしてそれはなにかというと、嗜好品《しこうひん》。同じ高額商品でも冷蔵庫や洗濯機は壊れれば買うけれど、趣味に使うものの優先順位は落ちますわな」

話が徐々に核心に入って来ていることを肌で感じる。

筒井はゆっくりとこちらに顔を向け、それから試すように目を眇めた。

「それでも品物を扱うのは、利益率が高いからです。たとえばピアノのようにね」

無機質な眼差しに得《え》も言われぬ不安を感じる。そしてそれは筒井の一言で決定打に変わった。

「でもねぇ和宮さん。売り場はタダじゃあないんだなぁ」

「……っ」

「HIBIKIのピアノはいいピアノですよ。長年扱ってる僕が言うんだから間違いない。でもね、あれは大き過ぎる。数台置いただけで他のメーカーさんのが置けなくなるんです。こう言っちゃなんだけど、もっと利潤がいいようなやつをね」

「筒井、社長……」

全身の血が一気に引く。まさかこんなところで、世間話でもするように契約が打ち切られたらと思うと嫌な汗が止まらなくなった。

「逆に言うと、どうして今までは置けていたのか。……和宮さん、この話、先代からなにも聞かれてないですか？　なにもご存知ない？」

「父からは、特に……」

もしかしたら今後教育係を通して伝えるつもりでいたかもしれないが、少なくとも現時点で自分が知ることはなにもない。ぎこちなく首をふると、筒井はがっかりしたように盛大に息を吐き出した。

「困りましたねぇ。こういうのはうまくやっといてもらわないと……。僕の口から言うのもねぇ」

渋る相手を前に焦りが募る。玲は藁《わら》にも縋《すが》る思いで真正面から頭を下げた。

「引き継ぎができていなくて大変申し訳ありません。どうか、契約打ち切りだけは……！」

「嫌だな、そんなふうに頭を下げないでくださいよ。ほら、みんなが見てるでしょう」

「ですが、筒井社長」

「まぁ落ち着いて。今すぐここでどうこうって話にはなりませんから。言ったでしょう、検討してる最中だって。結論が出るのはもう少し先のことですよ」

口の中が極度の緊張にカラカラに渇く。唾《つば》を呑みこもうとしても引き攣れるばかりで、それに一層焦りを煽られながら玲は再び筒井に縋った。

「教えてください。どんなことをすれば、これからも継続して扱っていただけますか」

先代に聞けば話は早いだろうが、病床に伏せっていることを考えるとそれもためらわれる。

懸命に見つめる玲にとうとう折れたのか、ややあって筒井は肩を竦めた。

「……あなたはもう少し、歳を取ってから後を継いだ方がよかったかもしれませんね。そう一本槍《やり》で綺麗なままでは疲れることも多いでしょうに」

「え？」

思いがけない指摘に目を瞠る。どういう意味だと問おうにも喉に引っかかった声は出て来ず、驚愕《きょうがく》のうちに筒井の言葉を聞くことになった。

「あれだけ大きな売り場を確保するには、それ相応の潤滑剤《じゅんかつざい》ってやつが必要なんですよ、和宮さん。万一の時の損失を補塡《ほてん》するものがなにもないいんじゃうちだけが痛い思いをする。そんな商品は普通、誰も扱いたがらないですよね？」

「な、ん……」

「このままでは、ＨＩＢＩＫＩは近いうちに売り場からなくなるかもしれません」

残念ですが、と続く声がやけに遠い。頭を強く殴られたようなショックで呼吸さえもままならない玲に、筒井は最後の駄目押しを叩きこんだ。

「先代はお考えのある人でしたよ」

「……！」

まるで父親の代には賄賂《わいろ》が横行していたかのような言い草に言葉を失う。けれど、全店舗を束ねる立場の彼がなんの根拠もなしにこんなことを言うとは思えない上、強い結びつきがあったという先代との仲を嘘で台無しにするとはとても考えられなかった。

にわかには信じられない思いで筒井の顔を凝視する。

けれど相手はわずかに眉を寄せただけで、時計を見るなり「そろそろですね」と立ち上がった。

「考えてみてください。僕には先代とのおつき合いもある。悪いようにはしませんから」

そう言い残して去って行く背中を呆然と見送る。素晴らしい演奏に酔っていた気持ちは、半ば脅迫に近い筒井の言葉によってなす術もなくぐしゃりと拉《ひしゃ》げた。後半の開演を告げるベルが鳴っても玲は動けない。このまま足元から崩れ落ちて行きそうな、どうしようもない焦燥《しょうそう》に駆られた脳はとうとう忌《い》まわしい記憶までをも蘇《よみがえ》らせた――。

あれは玲が十五歳になってすぐ、高校に入ったばかりの頃だ。

そろそろヴァイオリンをやめさせ英才教育を受けさせようとする父親に頼みこみ、一度だけ若手の登竜門のひとつと呼ばれるコンクールに挑戦する許しを得たことがある。

猛特訓の末、玲はコンクール初出場にして見事予選を突破し、本戦でも堂々とした演奏を披露《ひろう》して他の優勝候補を押さえ一位の座を勝ち取った。ヴァイオリニストとしての前途が開けたようで有頂天《うちょうてん》になったことを覚えている。

父親が自分の力を認めてくれるかもしれない。このままヴァイオリンを続けていいと言ってくれるかもしれない。

けれど、そのよろこびも長くは続かなかった。自分の優勝が、コンクール自体にＨＩＢＩＫＩが特別協賛していたことによるいわば出来レースだったと陰で噂されていることを知り、プライドを踏み躙《にじ》られたショックから一時拒食症になったほどだ。

それでもしばらくすると玲は生来《せいらい》の負けず嫌いを発揮し、もう一度同じ舞台でうるさい輩を実力で黙らせてやろうと意気ごんだ。コンクールは一度限りの約束だろうと渋る父親を拝み倒し、ようやくのことで二度目の切符を摑んだ玲だったが、直前に父親の審査員買収が発覚し、今度こそ二度と立ち上がれなくなった。

その時、ようやくわかったのだ。父親は自分からヴァイオリンを取り上げるためにこんなことをしている。いつまでも手習いに執着せず、帝王学を学べということなのだと。

小さな時から続けてきた習い事に思い入れがあることは父親とて理解してくれていたし、もともと息子にヴァイオリンを勧めた手前、お互いの着地点にコンクール出場を選んだのは区切りとして悪くなかった。そこで終わっていればよかったのだ。

もう一度チャンスをねだったことで父親の機嫌を損ね、あからさまな潰され方をした。キャリアを台無しにする容赦ないやり方に愕然とするとともに、目的のためには手段を選ばない彼が心底恐ろしくなった。

そう、なにもかも、すべては仕組まれたことだったのだ。

レールの敷かれた人生の中で、これだけは自分の代弁者だと大切にしていたヴァイオリン。楽器を愛する純粋な気持ちまで汚されたような気がして玲はそれきり弾くことをやめた。そんな行動が父親の思う壺《つぼ》だとわかっていてもどうにもならない。折れた心が元に戻ることはなかった——。

過去の遺恨に唇を嚙みながら、玲はじっと靴の先を見つめる。

そんな父のことだ。自社楽器を扱ってもらう代わりに袖の下を渡していたとしても不思議ではない。そう納得してしまえるのが悲しかった。

いくら豪腕で後ろ暗いところのある先代とはいえ、自分にとっては家族だ。父親の不正を他人から聞かされて動揺しないでいられるほどの図太さは持ち合わせていない。筒井の言うことが本当なら、父親の行動が想像どおりなら、自分はそんな人の後を継いでＨＩＢＩＫＩの暖簾《のれん》を守っていくのだ。遣り切れなかった。

玲は強く奥歯を噛み締める。そうしていないとグラグラと崩れて、このまま長椅子の上に倒れてしまいそうだった。

駄目だ。立ち止まってはいけない。歩き続けていなければならない。現実は常に前へ進み続けている。遅かれ早かれ、いずれは向き合わなければならない問題だったのだ。

それにきっと、これだけではない――それは半ば確信だった。恐らくまだ露呈していないだけで、水面下で燻っているであろうたくさんの事例と自分はこれから対峙していくことになる。

全身にざあっと鳥肌が立つ。生まれてはじめて感じる本物の恐怖に足が竦んだ。

自分はこれからこの手を汚すことになるかもしれない。人間としての誇りをなくしてしまうかもしれない。それが会社を存続させる代償《だいしょう》だと言われて、果たしてどちらかを選べるだろうか。

そんなこと……。

意味もなく唇がわななく。どうしよう。どうすればいい。焦るばかりで頭の中が真っ白になった。

なにも考えられない。妙案なんて浮かばない。ただひとつわかっていることがあるとすれば、誤った方に手綱を引いたが最後、あの時のようになにもかも失ってしまうということだけだった。

もう失敗はしたくない。そのためになにができることはなんでもしなければ。代々続いた店を存続させるため、従業員の生活を守るため、そしてＨＩＢＩＫＩを盛り立てるにはどうすれば――。

膝の上で祈るように両手を組む。

ふと、あの男の顔が浮かんだ。瑛士だ。

「どうして……」

思わず呟きが漏れ、己の掠れ声にはっとする。緊張とは違う別のなにかが、じわり、と心の奥を濡らすのがわかった。

辣腕をふるった父の右腕とまで呼ばれた男。第一秘書だった彼なら先代の裏の顔も、酸いも甘いもすべて嚙みわけているだろう。先代は言っていたじゃないか、処世術を身につけろと。あれはそういうことだったのだ。だから彼は瑛士をよこした、すべてを託すという意味で。

本当はあんな男になんて頼りたくない。

けれど、そうも言っていられない状況に陥《おちい》ってしまった。

自分にはわからない答えを瑛士が持っているのだとすれば、今は頭を下げても教えを乞《こ》うより他にない。矜恃《きょうじ》を脅《おびや》かされる予感に手が震える。それを無理やり握りこんで玲は己に言い聞かせた。

この難局を乗り切るために利用してやるだけだ。会社を正しい軌道に乗せるまでのほんの少しの辛抱なんだ。

「……やってやる」

果たしてそれが吉と出るか、凶と出るかは自分にもわからない。

額にこぶしを押し当てながら、玲は長いことその場から動けずにいた。


次の日、幹部会の終了を待ち構えていたように社長室のドアがノックされた。

ブラインドの間から夜景を眺めていた玲は静かな声でそれに応える。ふり返らなくてもわかる、瑛士だ。自分が呼び出した。

「そろそろだと思っていましたよ」

やって来た瑛士はなぜか今夜も白い薔薇を抱えている。それを見た瞬間、はじめて彼に花束を押しつけられた時のことを思い出した。

そういえば、あの時の薔薇はどうなったのだろう。秀吾が生けてくれたところまでは覚えているのに、いつの間にか花瓶ごと片づけられていた。もしかしたら花びらが落ちはじめたのを機にクリーンスタッフが処分したのかもしれない。

――――この花が散るまでに、少しは満足な仕事を見せてください。

瑛士の声が耳に蘇る。

あらためて花を持って来たということは、自分はまったく認められていないということだ。おまえなどただの未熟者だと言われているようで胸の奥がチリリと焦げつく。心なしか首の後ろまでピリピリしてきて玲はそっと襟足を押さえた。子供の頃からの癖だ。劣等感を刺激されるといつも同じ場所が疼痛《とうつう》を起こす。他人と比べられることが多かった学生時代は特に毎日のように疼いたものだった。

「浮かない顔ですね。なにか心配事でも？」

気遣うような素振りで瑛士が近づいて来る。

「……、……いや」

一瞬言葉に詰まったものの、できるだけ平静を装って首をふった。こんなところでボロを出すわけにはいかない。

俯く視界に、不意に花束が差し出された。

「少しでも慰《なぐさ》めになればいいんですが」

「また期限を切るために持って来たんじゃないのか」

「何度も同じ手は使いませんよ。それに、前回はさっさと片づけられてしまったようですから」

そう言って秘書室の方をチラと見る。秀吾が勝手に捨てたと疑っているのだろう。

「中里はそんなことはしない」

睨めつけてやると、瑛士は口元だけで微《かす》かに嗤った。

「どうだか。少なくとも彼は、私を敵だと思っているようですから」

「おまえが失礼なことばかりするからだろう」

「あなたはなにもわかっていないんですね」

「どういう意味だ」

何度相対しても感じるのは苛立ちばかりだ。冷静に話をするためにも秀吾を呼ぼうとして、彼は今留守なのだと思い出した。スケジュールを調整しに会長秘書のところに行った切りだ。ややこしい会合が重なっていると言っていたから当分は帰って来られないだろう。

「悪いが、すぐには生けられそうにない。その花は受け取れない」

きっぱりと断ったにも拘わらず、瑛士はなぜか口端を上げた。

「秘書殿はご不在ですか。それはちょうどよかった」

「なに……」

策士を思わせる不敵な笑みに、背筋をぞくりとしたものが這い上がる。まるで蛇に睨まれた蛙《かえる》だ。身動きひとつ取れずにいるのをいいことに、瑛士は半ば強引に花束を押しつけてきた。

ラッピング用のセロハンが手に当たってくしゃりと鳴る。よく見るとブルーのリボンまでかけられていて、どう見てもプレゼントといった感じだった。

誰かに渡すはずのものじゃないのか。それも、特別な相手に。

からかわれているような気がして花束を突き返そうとすると、瑛士は右手を立ててそれを制した。

「あなたへの贈りものですよ。遅ればせながら、名代のご就任を祝って」

「……な」

自分が会長代理に立っているのは父親が病に倒れたからだ。それを祝うということは、先代の不幸をよろこんでいると受け取られてもしかたがない。忠誠心の塊《かたまり》のような男がそんな誤解されるようなことをするなんて。

「おまえ……なにを考えてるんだ」

思わず漏れた呟きにも動じることなく、瑛士はゆっくりと眼鏡のブリッジを押し上げた。

「あなたと同じことを思っていますよ。今がターニングポイントだということも、これからは否応《いやおう》なしに私たちの関係が変わることも」

漠然とした不安に心臓が大きくドクンと震える。瑛士がなにを言っているのかわからない。わからないのに、妙に言い当てられている気がして恐くなった。

本当に、こんな男に協力を依頼してもいいのだろうか。

顔をこわばらせる玲の耳元に、瑛士はそっと唇を近づけた。

「ＨＩＢＩＫＩの運命はあなたの双肩《そうけん》にかかっている。誰も血を流さずに済むにはどうしたらいいか――それを聞くために今夜私を呼んだのでしょう？」

「……！」

身体を離し、再び正面から覗きこまれる。

「違いますか」

心臓が早鐘を打ちはじめ、手のひらにはじっとりと汗が滲んだ。なにも語らずともすべて見透かして来る瑛士に、もはやごまかすことはできないのだと悟る。

「筒井さんが……」

震えそうになる声を抑《おさ》えながら昨夜の話を伝えると、瑛士はなんでもないことのように「困った人ですね」と眉を下げた。

「業界擦れしていないあなたを見て、からかいたくなったんでしょう。人の愉しみを味見するなんてまったく行儀が悪いのだから……」

瑛士の言葉に一縷《いちる》の望みを見出し、玲はぱっと顔を上げる。

「それなら、賄賂はなかったと思っていいのか」

自分は筒井にからかわれただけなのか。腹立たしいことには変わりはないが、父親が不正に手を染めていたと言い切られるよりずっとマシだ。

けれど瑛士は軽く肩を竦めただけだった。

「あなたがそう思いたければそれで」

「な、んだよ。処世術を俺に教えるんじゃなかったのか」

「あなたにはまだ早い。通常業務さえ満足に回せないような人に、裏工作を教えたところでうまくやれるわけがないでしょう」

「やっぱり……あったのか……？」

声が掠れる。それは身体の震えとなってすぐさま全身に伝わって行った。

「知りたいですか」

「知りたい」

「戻れなくなりますよ」

「覚悟の上だ」

一心に瑛士の目を睨めつける。

どれくらいそうしていただろう、見つめ合っていた時間は五分にも、十分のようにも長く思えた。瑛士がふっと吐息したことで緊張の糸が断ち切られる。見下ろして来る男の表情はなぜか勝ち誇ったようにも見えたが、今の玲に気に留めている余裕はなかった。

瑛士はなにも言わずに目を細め、玲が抱えていた花束の中から薔薇の花を一輪抜き取る。長い指で棘《とげ》、茎、萼《がく》、花びらとなぞり上げながら、征服欲を見せつけるようにゆっくりと口端をめくった。

目の前の光景に玲は言葉もなく、固唾《かたず》を呑んで見守るしかない。心臓は火にくべられたかのようにドクドクと激しく打ち続けた。勘違いも甚《はなは》だしいと冷静な自分はわかっているのに、どうしてもおかしな考えが頭を離れない。その花こそ、瑛士に全身を嬲《なぶ》られている薔薇こそ、自分自身であるように思えてしかたなかった。

不意に瑛士がこちらを見る。

漆黒の双眸に射貫かれたと思った次の瞬間、瑛士はなんの前触れもなく花をぐしゃりと握り潰した。

凛《りん》と咲き誇っていた薔薇は今や見る影もない。やわらかな花弁は折れ、あちこちが花粉で汚れた。

あの花が自分だったとしたら――――。

そう思っただけで身体がぶるりと震える。無意識のうちに後退《あとずさ》ろうとする玲を、瑛士の鋭い眼差しが縫い留めた。

「協力しましょう。……ただし、条件があります」

不遜に宣った瑛士は見せつけるように花びらを毟《むし》り取る。手品でもはじめるつもりかと驚く玲の予想を策士は軽々と超えて行った。

瑛士は高く右手を上げ、そのまま空中に花びらを放る。フラワーシャワーのように舞い散る花弁に目を奪われたのも束の間、気づいた時にはすぐ目の前に瑛士の顔が迫っていた。

あ――、と思う間もなく唇が重なる。

強く腰を引かれて仰け反った。それを追いかけるように真上から強く唇を押し当てられる。熱く弾力のあるそれに呼吸を封じられても、はじめのうちは自分の身になにが起きているのかすらわからなかった。混乱の極みに放り出され、目を閉じることも忘れて呆然《ぼうぜん》とする。視界の端で花びらがひらひらと落ちて行くのが見えた。

これは、なんだ……？

頭の中が真っ白になって考えがうまくまとまらない。それでも、瑛士の肉厚の舌が獲物を味わうようにねっとりと下唇を舐《な》め辿ったことで、玲は羞恥から我に返った。

「やめろっ」

慌てて男を突き飛ばす。

それでも瑛士は動じることなく、平然とした顔で微笑んでいた。

頭がおかしくなったのか……？

思わず心の中でひとりごち、その仮説にぞっとする。明らかに常軌《じょうき》を逸《いっ》した行為にも拘わらず、顔色ひとつ変えない瑛士が玲には信じられなかった。

「どういうことだ」

「言ったでしょう、条件があると。ほんの交換条件です」

「交換条件？」

焦るあまりオウム返しする相手に、瑛士は実に愉しそうに目を細める。

「私のものになってくださるなら」

「――――！」

玲は今度こそ絶句する。男である自分相手に、よもやそんな要求をされるとは考えてもみなかった。

いくらまともな恋愛経験がないとはいえ、瑛士の言うことがどういう意味かわからないほど子供ではない。これからおまえを欲望の対象にすると宣言されて目の前が真っ暗になった。

この男は、いつからそんな目で自分を見ていたのだろう。どうやってねじ伏せてやろうかと好機を窺っていたというのか。いつもは考えを読ませない闇色の瞳。そこに今やどろりとした情欲が滲んでいるのが見て取れて、玲は堪らず顔を背けた。

「ふざけるな……っ」

震える声で一喝《いっかつ》する。とてもこのまま話し合う気になれず、部屋を出ようとしたところで手首を摑まれ、逆に壁際に追いこまれた。

瑛士が至近距離から目を合わせてくる。

「人は犠牲なしになにも得ることはできない。等価交換の原則というのをご存知ですか。まさにこの世の真理です」

会社を背負い、老獪なものたちを実力で黙らせる――そんな目的達成のために己の身体を供物《くもつ》にする。そんなことを等価と言うのか。

試しに昇進という名の社会的地位を差し出してみたが、瑛士は鼻で笑い飛ばすだけだった。

「そんなもの、私にはなんの意味もない。金も名誉も必要ありません。あなたでなければ」

「どうして……」

「さぁ、どうしてでしょうね」

瑛士は挑むような目を向けて来る。まるでその答えを知っているだろうと言わんばかりの眼差しに、玲は思わず眉を寄せた。

「前に、なぜ白い薔薇を贈るのか聞かれたことがありましたね。この花の花言葉をご存知ですか」

「……いや」

瑛士が唇を弓形にして笑う。

「『私はあなたにふさわしい』」

「え？」

「私がなぜ会長秘書のポストを捨ててまで教育係をしていると思いますか？　……私こそ、あなたを暴き尽くすことのできる人間だからですよ」

その目が獰猛な獣のように閃《ひらめ》くのを見た瞬間、玲は唐突に悟った。逃げ道などどこにもない。自分はとっくの昔に標的になっていたのだと。

嘘だろう――――。

信じたくない思いが何度も何度も胸を叩く。同性なのに。忌々しいとさえ思っている相手なのに。こんな男に組み敷かれなければならないなんて。自分はそれを拒めないどころか、頭を下げて助力を乞わねばならないなんて。

受け入れがたい屈辱に玲は唇を噛み締める。

瑛士は優位を見せつけるようにさらに笑みを濃くしてみせた。

「そんな顔をするんですね。プライドの高いあなたが」

「見るな」

「なんて素敵なんでしょう。そんな顔がもっと見たい。汚したい。徹底的に辱《はずかし》めてやりたい」

「……っ」

信じられない思いで瑛士を見上げる。怒りのあまり声は出ず、代わりに身体がぶるぶると震えた。

「私が何事もとことんやらないと気が済まない性分だというのはご存知でしょう？　あなたといるとその衝動を抑えられなくなる。あなたは私の嗜虐心《しぎゃくしん》を最高に刺激する存在なんです」

瑛士は愛の告白とでもいうようにうっとりと目を細めている。これを狂気と呼ばずしてなんというのか、他に言葉を知らなかった。

「迷っているんですか。こうしている間にも事態は刻々と変化しているというのに」

「……っ」

「検討というのは、いつかは決定事項になるんです。そうなってからではもう遅い。取り返しがつかなくなる前にあなたにはやれることがある。会社を潰したくはないでしょう？」

「俺、は……」

悔しさで意識がねじ切れそうで、何度も奥歯を噛み締める。

そんな玲を、瑛士は目を閃かせながら見下ろした。

「決めるなら今しかない」

心臓がドクンと大きく胸を打つ。まるで叫び出したい自分に代わって泣き喚《わめ》いているようで、玲は無意識のうちに服の上から胸を押さえた。道を外れようとする自分に頭の中で警鐘が鳴り響いている。あえてそれを無視して、玲は自分の意志で己の意識をねじ曲げた。

自分たちは己の利益のために結託し合う、いわば契約者同士だ。瑛士に助けてもらうだけでは借りを作ることになってしまう。それは嫌だ。この男に負い目を感じながら過ごすなんて耐えられない。だから交換条件が必要なのだ。その代償が身体だったというだけのこと。

そんなことを許すなんて……。

理性に邪魔されそうになるのを唇を噛んで懸命に堪える。会社を乗っ取ると言われるより百倍マシだ。同性に嬲られるぐらい狂犬に噛まれたとでも思えばいい。大切なのは自分の心、ただそれだけなのだから。

なにを奪われても、踏み躙られても、心だけは屈してはならない。この男を憎むことだけを考えて一日も早くのし上がってやれ。

「――わかった」

あえて心を無にして交換条件を承諾《しょうだく》する。

「賢命なご判断です」

瑛士の手が再び腰に回され、引き寄せられる。バランスを崩した身体は男の厚い胸板に支えられ、図らずとも抱きつくような格好になった。慌てて距離を取ろうとするのをもう一方の腕で制される。そのまま顎を掴まれて強制的に上向かされた。

「キスぐらい落ち着いてさせていただけませんか。それとも、強引なのがお好きですか」

「な……、ん……っ」

反論を封じるように下唇を噛まれ、ツキッとした痛みに肩を竦める。そうかと思うと今度は噛み跡を舐められ、舌でぐりぐりと擦られて、痛いだけではないなにかが身体の奥の方からじわりと染み出しはじめた。

「んん、……、ぅ……っ」

これまで口内器官のひとつとしか認識したことのなかった舌が、まるで生き物のように自分の唇を舐め回し、細く尖《とが》らせた先で小刻みにくすぐってくる。かと思うと強引に熱を押しつけ、唾液を注ぎこみ、かたく閉ざした唇を陥落させようと執拗に煽った。

キスなんて、唇を重ねるだけのものだと思っていたのに。

無論、それだって愛し合うものだけに許された行為のはずだ。こんなふうに部下と、それも神聖な仕事場で強引に奪われていいものではない。

早くも後悔しそうになったのを察したのか、瑛士は諌めるように下唇に歯を立てた。

「い、た……」

「集中してください。お互い楽しみたいでしょう？」

息が触れ合うほどの距離で瑛士が囁く。唾液で存分に濡らされた唇が、わずかな呼気にも彼にどれだけ舐めしゃぶられていたかを痛感させた。

他人の体液が混じってゆく。己の潔癖さが穢《けが》されてゆく。自分が自分でなくなってしまうような得も言われぬ不安に顔を歪める玲を見て、瑛士はうっとりと目を細めた。

「いい顔だ。そそられます」

「氷堂」

「そう。そうやって私の名前を呼んでいてください。あなたの中に、私を刻みつけるために」

瑛士はそう言うなり執拗なキスを再開させる。今度は少し身動いだくらいでは繋《つな》がりを解いてもらえず、息苦しさに喘いだところを狙い澄まして強引に舌をねじこまれた。

熱くて大きいもので口内を無遠慮に探られる。玲が少しでも反応を返せばそこばかりを集中的に攻め立てられ、たちまち腰がぐずぐずになった。

「……んっ、……、っ」

舌先で歯列《しれつ》をなぞられたかと思うと、今度は強く舌を吸い上げられて身体が竦む。緩急《かんきゅう》をつけた甘い責め苦にしなる背を片腕で支えつつ、瑛士は思うさま玲を貪《むさぼ》り続けた。

熱を帯びた唇から呑みこみ損ねた唾液が伝う。けれど瑛士が舌も露わにそれを舐め上げ、そのまま唇を塞いだせいで恥じらう暇さえ与えられなかった。音を上げることは許されず、瑛士が満足するまでひたすら唇を貪られる。獣のようなくちづけに、このまま喰い尽されてしまうかもしれないと本気で思った。

何度も嚙みつかれたせいで唇は熱っぽく腫《は》れ、息を吹きかけられただけでも敏感に反応してしまう。くり返しくり返し舐《ねぶ》られ、濡らされてゆくに従い、理性がどろどろに溶けてしまいそうで恐くなった。

――――忘れるな。決して自分をなくしてはならない。

心の声にはっとする。

胸に手を突いて無理やり身体を離すと、瑛士は愉しそうにククッと嗤った。

「そんなに無防備に睨まれると昂奮しますね。私のことが憎らしくて堪らないんでしょう？」

私もですよ。

「え？」

さりげなくつけ加えられた言葉に聞き間違いかと耳を疑う。けれど玲の思考を奪うようにすぐにくちづけが再開され、なにも考えられなくなった。

口蓋《こうがい》を舌先でしつこく舐られ、むず痒《がゆ》いような熱がじわじわと全身を覆ってゆく。そんなところを弄《いじ》られて感じるなんてどうかしているとしか思えなかった。けれどどんなに否定しても身体は熱さを増すばかりで、内側から迫り上がるマグマが鈍い痛みすらもたらしはじめる。身の内を灼《や》くようなそれは血流に乗って下腹に集まり、足の間で存在を主張しはじめた自身をゆっくりと持ち上げさせた。

「あっ」

下着が擦れただけで無意識のうちに小さな声が漏れてしまう。

我に返った玲は、渾身の力で瑛士を引き剝《は》がした。無理やり身体を捻って腕から抜け出し、そのまま扉に向かって一直線に駆け出す。

「和宮社長。……いえ、玲さん」

瑛士が呼び方を変えた。

室内の空気がまた一段、ぐんと熱を孕んだように感じる。ドアノブに手をかけたまま動けなくなる玲に、瑛士はその場から一歩も動かないまま問いかけた。

「交換条件を反故《ほご》にする気ですか？」

「……っ」

とっさにふり返る。試すような眼差しに一瞬怯んだものの、身体の変化を知られるぐらいなら死んだ方がマシだと玲は構わずドアを開けた。

「玲さん！」

瑛士の声が見えない鎖のようにこの身を縛る。それをふり解きたい一心で転がるように廊下に出た。下肢にまとわりつく熱のせいで走りにくいことこの上ない。それでもなんとかトイレに駆けこんだ玲は、一番奥の個室に入るなり内側からガチャンと鍵をかけた。

ようやく安堵のため息が漏れる。けれどそれが束の間の逃避行だったと知るのは、わずか十秒後のことだった。

「玲さん」

瑛士だ。声は冷静さを失っておらず、むしろどこか愉しげにさえ聞こえる。震える手で鍵を押さえる玲がまるで見えているかのように、瑛士は喉奥でそれを嗤った。

「私が追いかけて来ないと思っていましたか。そんなところに逃げても無駄ですよ」

「うるさい。放っておいてくれ」

「行為を許しておきながら途中で逃げるのはルール違反だ。違反者を懲《こ》らしめるための罰則を、今からあなたに教えてあげましょう」

　コツコツという靴音が響く。確実に自分がいる場所に近づいて来ているのがわかり、瑛士が一歩踏み出すたびに心臓が竦み上がった。

「さぁ、開けてください。玲さん」

「い、嫌だ」

「私がやさしくしてあげられるうちに言うことを聞いておいた方がいいですよ。今すぐ開けないなら人を呼びます」

　ぞっとした。

　そんなことになったら問答無用でドアがこじ開けられてしまう。社長ともあろうものがこんなところに閉じ籠もっていたのかと噂になるのは耐え難い。かといって、訳あって出られなかったと本当のことが知られでもしたら白い目を向けられるのは必至だった。

「覚悟を決めるのを手伝ってあげましょうか。私が三つ数え終わるまでにここを開けてくださいね。いきますよ。……一、……二、……」

　気づいた時には鍵を外していた。

　瑛士はそれ以上数えるのを止め、無言で個室に入って来る。そうして玲がしたのと同じように内側から鍵をかけ、完全な密室を作り上げた。

　エグゼクティブ・フロアの個室だけあって、中は一般社員の階のトイレよりも格段に広い。便座の周囲はゆったりとしたスペースが設けられており、大人がふたり入ってもまだ充分に余裕があった。

やわらかな間接照明の光に照らされ、密室で男と向かい合う。自分を見下ろす漆黒の瞳に獰猛な光が生まれていることを感じ取り、玲は思わず後退った。けれどすぐに壁に当たる。瑛士はことさらに時間をかけて距離を縮めながら、うっとりとした笑みを浮かべた。

「私から逃げられるとでも思っていたんですか。あなたにはたっぷり味わっていただきますよ――恐怖と快楽と絶望を、骨の髄《ずい》までね」

「……！」

言うが早いか、瑛士は玲の下肢に手を伸ばし直接そこに触れて来る。スーツの上からでもはっきりわかるほど形を成していたものを握りこまれ、衝撃に腰が戦慄《おのの》いた。

「やめ……っ」

「こんなに膨《ふく》らませていたんですか。とんだ淫乱だ」

自身を這う指の動きに合わせて耳元で囁かれ、頬がかっと熱くなる。羞恥に暴れようとした玲を制し、瑛士は耳朶《じだ》をきつく噛んだ。

「い、…ッ」

鋭い痛みに身体が竦む。それでも痛みであるだけまだマシだとすぐにわかった。

どんなに拒んでも、身を捩《よじ》っても、許しを乞うても瑛士の手は止まらない。服の上から撫でさするだけの曖昧な愛撫《あいぶ》にさえ花芯は漲《みなぎ》り、とろとろと先走りを漏らしては下着を汚した。

「は、……ぁ……っ」

生まれてはじめて他人によってもたらされる快感に眩暈《めまい》がしそうだ。こんなこといけないとわかっていても、少しずつ腰が揺れはじめるのをどうしようもなかった。

こんなの見られたくないのに。こんな男に触られたくないのに。気持ちいいはずがない。とても正気の沙汰とは思えない。けれどどんなに自分を叱責《しっせき》してもそれを裏切るように声が漏れた。

「今、誰かが通りかかったらきっと気づいてしまうでしょうね。あなたがこんなに淫《みだ》らな人だったとどうやって教えてあげましょうか?」

艶《つや》のあるテナーが吹きこまれる。耳からも犯されているようで頭の中がぐちゃぐちゃになった。

「……っ、……ん、……っ」

全身に力が入らなくなり、駄目だとわかっているのに苛《さいな》む男の腕に縋ってしまう。頭の芯が灼《や》き切れそうだ。質の悪い熱に冒されたように呼吸も拒絶も満足にできないまま、ハクハクとみっともなく口を開けて喘ぐばかりだった。

「どうしました。もっとよがっていいんですよ」

涼しい顔の男をギリと睨む。

瑛士は薄く嗤い、さらに手の動きを淫らにした。

「く……っ」

布の上からゆっくりと形をなぞられただけで足が震える。今や下着の中はベトベトだ。臍《へそ》に向けて反り返った茎を根元から辿られ、括《くび》れを撫で回されるだけでびくっと肩が上がった。

感じているなんて死んでも認めたくないのに身体がそれを裏切ってゆく。意志に反して素直に反応する玲自身を気に入ったのか、瑛士はさらに激しく追い立てて来た。

「あう…っ」

突然強く握られ、悲鳴のような声が漏れる。強過ぎる刺激に幹は一層張り、沸騰《ふっとう》しそうな血をさらに集めた。

今、首を絞められたらきっと同じように感じるに違いない。呆然とした頭でそんなことを考える。苦しくて苦しくて堪らないのに、じんじんとこみ上げるなにかが自分を大きな膜でくるみこむような感覚に囚われる。それは不思議と玲に安心感をもたらした。

息が止まりそうなほど強く握り締められ、気を失いそうになったところで離される。途端にどっと血が戻って来て、むず痒いような、もどかしい熱を植えつけた。

達しそうで達せない。それがこんなに苦しいのだとはじめて思い知ることになった。

事務的に自分で処理する時は、勃《た》たせて、出して、それで終わりだ。こんなふうに頭がぼんやりするまで焦《じ》らしたり、身体が震えるほど鋭い感覚を追ったりしない。この先自分がどうなってしまうのかわからなくて頭がおかしくなりそうだった。

男の手がスーツの上から蜜の詰まった袋に伸びる。

「や、……っ」

大きな手で下着ごと揉《も》みしだかれ、本能的な恐怖と抗いがたい快感に身体が跳ねた。

「駄目だ、も……やめ……、……氷堂……っ」

理性が熱で焼け爛《ただ》れる。なにもかもどろどろに溶け落ちてしまう。先端からあふれた先走りはもはや下着では受け止め切れず、そのまま芯を伝って落ちた。

かたく閉じた瞼の裏、唆《そその》かすように極彩色の光が過ぎる。急速に引きずられる感覚に抗う術も持たないまま玲はガクガクと腰を揺らした。

「あ、あ、……あ、……」

もうなにもわからない。もうなにも考えられない。

「――――……っ」

顎を引き、服を着たまま極みに達する。ビリビリとした感覚に全身が灼かれ、すぐには息もできない有様だった。

放埓《ほうらつ》が下着の中にあふれる。ぬかるんだそこからは欲望の匂いが立ち上り、それを嗅ぐことで自分がなにをしたのかをまざまざと思い知らされた。

冷水を浴びたようにはっとする。快感だと思っていたものは不快に変わり、昂奮は後悔に塗りつぶされた。

衝動に負けてしまった。快楽に流されてしまった。そんなものは意志の弱い人間だけが陥る、愚の骨頂だと高を括っていたくせに。よりにもよってこんな男の手で。

最悪だ――。

手のひらで顔を覆う。今さらだったとしても、こんな顔は見られたくない。

なけなしのプライドで抗おうとするのがおかしかったのか、瑛士は喉の奥でククッと嗤った。

「たくさん出しましたか？　あまり自分では処理していないようですし、さぞかし濃いのが出たんでしょうね」

「……っ」

「恥辱に悶《もだ》えるあなたはなかなかよかった。これからも存分に愉しめそうだ」

顎に伸ばされた人差し指を、せめてもの抵抗とばかりはね除ける。

「うるさい。俺にもう用はないだろう。あっちに行け」

ギリと睨めつけると、瑛士は感心したように大袈裟《おおげさ》に肩を竦めてみせた。

「あんなことをされてもまだ、そんな顔ができるなんて」

そうして今度は玲を訝るように眼鏡のブリッジを押し上げる。

「ますますあなたが気に入りましたよ、玲さん。壊し甲斐がありそうだ」

ほの昏《ぐら》い笑みにぞくりとなった。

「早く拭いた方がいいですよ。おもらしの染みができる前にね」

瑛士はそう言い残して個室を出て行く。

これでもかというほど自尊心を踏み躙られ、屈辱のあまり身体が震えた。胸の中が憎悪という名のドス黒いもので一杯になる。自分で決めたことだとしても、あの男を利用するための手段であっても、こんなふうにプライドをズタズタにされて平然としていられるわけがなかった。

折れそうになる気持ちを玲は精一杯奮い立たせる。

こんなところで倒れてはいけない。こんなところで諦《あきら》めてはいけない。あの男を利用し尽くしてやるまでは顔を上げていなければ。

すべての感情を憎しみに替えて深呼吸する。

その時ふと、気になる言葉があったことを思い出した。

――私のことが憎らしくて堪らないんでしょう？　……私もですよ。

自分が一体なにをしたというのだ。好まれることも憎まれることも一切した覚えはない。そもそも仕事上のつき合いもはじまったばかりで、お互いの深いところなどまだなにも知らないはずだ。それなのに、瑛士は獲物を追い詰める猛獣のような目で自分を見る。彼がそこまで自分に執着する理由がわからず、玲は混乱を追い出すように頭をふった。

「……っ」

身動いだからか、つうっと精液が伝う感触に我に返る。途端にさっきまでのことが脳裏を過ぎり、惨《みじ》めさに唇を噛みながら震える手でジッパーを下げた。

下着は残滓《ざんし》でぐっしょりと濡れており、自分がいかに大量に噴き出してしまったか思い知らされる。なるべくそれを見ないようにして自身や下着をペーパーで拭き、乱暴にボタンを押して水を流した。

元の通り服を直して、手を洗って外に出る。行為の最中誰もここを訪れなかったのがせめてもの救いだった。

惨めさを必死に呑みこみながら廊下を歩く。気を強く持たなければと自分に言い聞かせながら社長室のドアを開けた玲は、床に散らばる花びらを見て再び焦燥に突き落とされた。

あの男に汚された。花を手折《たお》るようにいともたやすく。

身を震わせながら忌々しい花弁に歩み寄る。本当は近づきたくもないが、このままにして帰ったら秀吾がなにかあったのかと心配するだろう。見つかる前に始末しなければと身を屈めた途端、冷たい下着が玲を苛んだ。

「くそっ」

耐え切れずに舌打ちする。会社のトップともあろうものが感情的になってはいけないと頭ではわかっているのに、こうしていちいち反応してしまうことが、なおも瑛士に玩ばれているように思えて悔しかった。

どこまで人の中に食いこめば気が済むのか。

忌々しさに唇を噛む。あんな男に頼らなければならないなんて悪夢としか思えなかった。

「ちくしょう……ッ」

集めた花弁を握り締める。

花束ごと勢いよくごみ箱に突っこむと、玲はすべてをふり切るように足音荒く社長室を出た。

＊

それからは、瑛士にいいようにされる日々がはじまった。

与えられるのが快楽ばかりとは限らない。徹底的にやってやるとの言葉どおり、彼は玲にくり返しくり返し屈辱を叩きこんだ。

教えられたことを間違えれば靴を履いたまま自身を踏みつけられたし、電話会議の間中足で愛撫されたこともある。そのまま射精するような痴態だけは免《まぬが》れたものの、逆に中途半端に昂《たかぶ》らされたせいで挙動不審になるのは否めなかった。

そんな玲を見るたびに、瑛士はわざとらしく耳元で「どうしました？」と囁く。自分の声が獲物を惑乱させるのにうってつけだと気づいたのだろう。どんなに拒んでも許されぬばかりか、交換条件を持ち出されれば唇を噛んで黙るしかなかった。

けれど奪うのと同じ分だけ、瑛士は大いに玲を助けた。

筒井の件は瑛士がうまく計らってくれたのか、取引は何事もなく継続されている。部下に汚職行為をやらせるわけにはいかないと詰め寄ったこともあったが、「賄賂なんて渡さなくとも、方法はいくらでもありますから」と結局は煙に巻かれてしまった。

自分の力だけではまだこの業界を泳ぎ切れないと感じるのはこんな時だ。瑛士には独特の嗅覚があり、鋭い観察眼を持っている。一度見聞きしたことは忘れないと豪語するだけあって、悔しいけれど彼の判断は常に正しかった。

先代の関係筋と会う時は瑛士が手土産《てみやげ》を持たせてくれたが、玲がそれを差し出した途端、皆一様に「どうしてこれが好きだとわかったのですか」「先代に話したのは随分昔のことだったのに」と驚きとともに絶賛するのがなによりの証拠だった。

このことがきっかけで後継ぎである玲を信用してくれたり、かわいがってくれたり、中には大口の注文をしてくれた得意先もあった。相手は大抵父親と同じ世代で、話のきっかけ作りに困っていた玲としては、先方のガードをゆるめる瑛士のフォローの効果は絶大だった。

中にはゴルフや観劇に誘ってくれる相手もおり、そのたびに瑛士から特別レッスンを受けた。彼はとにかく博識な男で、若いのに歌舞伎《かぶき》や文楽《ぶんらく》にも通じている。そうかと思うとコンピューターシステムにも詳しく、社内機密データの管理も一手に引き受けていた。

本来であれば然《しか》るべき部署の人間が一元管理していそうなものだが、社長の右腕時代からなにかと重宝されてきた男はもはや社内でも特別扱いになっている。会議中もよくマルチスレッドを立ち上げてはデータベースをチェックしているのを見たことがある。過去二十年分、つまり先代が社長在任中の内容はすべて頭に入っているとの専《もっぱ》らの噂だ。

まるで人間コンピューターのようだが、瑛士ならやってのけるかもしれないと思えてしまう。だから彼は、いつ、なにを聞かれても即答するのだ。この男に迷いはない。まるで自分が取るべき行動はすべてわかっているとばかりに瞬時に正確な判断を下す。何度もそうした場面を目の当たりにするうち、あの父親が離したがらなかったはずだと玲は深く納得した。

一事が万事こんな調子で、仕事は頗《すこぶ》る順調だ。

けれどなにかひとつ解決するたびに、要求される見返りは次第にエスカレートしていった。

「ぼんやりしていますね。せっかく楽しいショーの最中なのに」

「あうっ」

指先で乳首を弾かれ、思わず悲鳴が漏れた。

左胸で淫猥《いんわい》な光を放つ銀色のクリップは先端に可動式のネジがついており、腫れ上がった玲の乳首を歪《いびつ》な形にくびり出している。時間が経過するに従い、赤紫に変わる乳頭が一層淫靡《いんび》に男を誘った。

「は、っ……、っ」

浅く呼吸をしただけでも汗がどっと噴き出して来る。先端に触られるとじんじんとした疼きに苛まれ、無造作に捏《こ》ね回されようものなら頭がおかしくなりそうだった。

ブラインドを上げた窓の向こうにはキラキラと光り輝く銀座の夜景が広がっている。部屋が暗いからなおのこと、イルミネーションが鮮やかに見えた。

そんな光のお零れを受けながら、裸の胸を反らせる己の淫猥さに眩暈がする。後ろ手に拘束されている生贄《いけにえ》の痴態を愉しそうに見下ろしながら、一糸《いっし》乱れぬ男は玲の変化をあますことなく言葉にした。

「いい表情だ。自分が今、どんなはしたない格好で男を誘っているかわかりますか」

「……っ」

「触って欲しいんですか？　それとも、舐めて欲しい？」

乳首にふっと息を吹きかけられる。突き抜ける衝撃に玲は堪らず仰《の》け反った。

「……や、め……っ」

「ふふ。とんだ淫乱だ。まさか期待したわけじゃないでしょう？」

「……く、っ」

貪られ、辱められ、大切なものが剝がれ落ちて剝《む》き出しにされる。そんな心のやわらかいところを瑛士は容赦なく踏み躙った。

「誰も知らないあなたを暴《あば》くのはなんて愉快なんでしょうね。まっさらな雪原に足跡をつけるようで嗜虐心が堪らなく煽られる……」

瑛士に後ろから顎を摑まれ、そのまま窓に向けられる。そこには乳首に道具をつけられ、はしたなくくねる己の白い肢体があった。

「ほら。よくご覧なさい。自分がどんないやらしい顔でねだるのか」

「……、くっ」

屈してなどやるものかとガラスに映った瑛士を睨む。

策士はますます笑みを濃くした。

「いい目だ」

大きな手が伸びて来て、クリップごとぐいと胸を揉みこむ。

「あああっ」

あまりの衝撃に意識が一瞬遠退《とおの》いた。暴れた拍子に引っかけたのか、机の上から書類の束が床に落ちる。

けれど瑛士はそんなものには目もくれず、玲の胸に顔を寄せた。

「あ、……んぅ……っ」

やわらかな舌がくびり出された乳首の先端に触れる。舌先で軽く突かれたかと思うと、舌全体を使ってくるみこむようにねっとりと舐られ、痛みの中に別のなにかが生まれはじめた。

瑛士の手がクリップをつけていない右側にも伸びる。猥《みだ》りがわしく凝《しこ》ってゆくのを教えるように指の腹でくにゅくにゅと押し潰され、はじめて感じる疼痛に震えそうになる声を必死に堪えた。手淫《しゅいん》は徐々に大胆になり、かたくなった先端を容赦なく揉み潰しはじめる。きつく抓《つね》り上げられた瞬間、快楽の縁から一直線に叩き落とされた。

金属をはめた左側には慰めるようなやさしい愛撫を。

責め具のない右側には与え得るだけの凶暴な痛みを。

「やめ、ろ……もう、……っ」

力なく首をふっても、瑛士はそれを見て嗤うだけだった。

「こんなに尖らせているくせに。ここも、調教のしがいがありそうですね」

「……あ、っ」

先端をピンと弾かれ、思わず声が漏れてしまう。最後に与えられたのは痛みだったにも拘わらず、右の乳首はねだるように膨らんでいた。その事実を突きつけるように指先で敏感な窪みを抉《えぐ》られ、捏ね回されて言葉もない。自分は確かにこの男の手で快感を得ていることに愕然とした。

——嘘だ。そんなはずがない。

懸命に己に言い聞かせる。認めてしまったら、これまで自分が必死に守ってきたものがバラバラに壊れてしまいそうな気がした。だからこれは違う。違うのだ。

眼光に意志をこめると、それを見た瑛士はニヤリと口端を上げた。

「あなたのそんな顔を見るとぞくぞくします。跪《ひざまず》かせたくて堪らなくなる」

男の目に情欲の色が浮かぶ。闇のような瞳は濡れて閃き、玲の心の奥底へと見えない触手を伸ばしはじめた。

拘束されたままの腕を引かれ、半ば強引にデスクに座らされる。

「この机は、確か先代から譲られたものでしたね。座り心地はいかがですか」

「……っ」

「会長が知ったらさぞ驚かれるでしょう。息子がこんなに淫蕩《いんとう》だったなんてね」

「誰の、せいだと……っ」

悔しさのあまり蹴ってやろうとして、逆に足を捉えられ拘束される。

「私のせいにしたいんですか？　勝手に乱れているのはあなたでしょう？」

「俺はなにも！」

「……そうですか」

瑛士がゆっくりと舌舐めずりする。まるで瀕死《ひんし》の獲物を前に、どこから喰らってやろうかとほくそ笑む獣のようだ。

「それなら、なにがあっても大丈夫ですよね」

猟奇的な笑みを浮かべた瑛士は、ポケットから銀色の細長い棒を取り出し、携帯スプレーで消毒をはじめる。玲にはそれがなにかわからなかったが、嫌な予感に汗が背中を伝い落ちた。

鼓動《こどう》が速くなり過ぎて息をするのもままならない。顔を引き攣らせる玲に、瑛士はこれ見よがしに責め具を見せつけた。

「あなたのここに挿《い》れてあげますよ。粗相《そそう》をしないようにね」

そう言うなり恐怖に竦んでいる玲自身に手を伸ばす。周到に準備していたらしいジェルをまぶされ、ぬめる手で亀頭を撫で回されただけで浅ましくも腰が震えた。

そんな一瞬の隙を見逃さず、瑛士は片手で先端の孔《あな》を割り開く。尿道に突き立てられた金属の棒は、わずかな抵抗などものともせず、くぷっと音を立てて押し入って来た。

「嘘、やめ、……や、め、……っ」

冷たい異物の感覚に全身が総毛立《そうけだ》つ。痛みよりも本能的な恐怖に身体が竦んだ。

「抜け、……っ、抜いて…、くれ……っ」

懇願に気をよくしたのか、瑛士がわずかに棒を引く。けれど途端にぞくぞくとした甘い愉悦《ゆえつ》に襲われ、堪らず身体をふたつに折った。全身がそこから吸い出されてしまうような未知の感覚。気をやってしまいそうに凶悪で、背徳感に瞼の裏が真っ赤に染まった。

挿入されれば恐怖に震え、抜かれそうになっては喜悦に悶える。小刻みに出し入れをくり返しながら、たっぷりと時間をかけて尿道が埋め尽くされる頃には玲自身は完全に勃起していた。

「はしたない人だ。こんなところを弄られて感じたんですか」

「あぁっ」

指先のわずかな刺激にも中が掻き回されて理性が飛ぶ。ぐちゅぐちゅと激しく抜き差しされるうちにとうとう射精感さえこみ上げてきた。けれど物理的に阻《はば》まれているせいで吐き出したくても吐き出せない。今になって瑛士が『粗相』と言った意味がよくわかった。

身悶える玲をさらに追い詰めるように瑛士は胸のクリップに手を伸ばす。ネジをゆるめられた途端、それまで堰《せ》き止められていた血が一気に流れ出し、堪らない痒みと疼きとなって玲を襲った。

「……う、あぁっ……は、ぁ……あ……」

どろどろになったマグマが出口を求めて押し寄せる。それでも達せない苦しみに頭が沸騰しそうだった。

果てがない。終わりがない。この男のせいで自分はどんどんおかしくなってゆく。

懸命に焦点の合わない目で睨みつけると、瑛士はすべてを見透かしたように唇の端を吊り上げながら顔を寄せた。

「達《い》きたいんでしょう？」

耳元で低く囁かれてぞくりとなる。

「もうこんなにベトベトにして……。うまく言えたら出させてあげますよ」

「う、るさい……」

「ほら。もう我慢できないくせに」

「……、誰がっ、おまえ……なんかに……っ」

屈するものか。

「……ッ」

それなのに、身体は貪欲に快楽を貪ってしまう。棒をぬうっと引かれただけで太股《ふともも》がぶるぶると痙攣《けいれん》した。

静かな部屋に自分の荒い呼吸だけが響いている。これ以上みっともない姿は晒すまいと懸命に唇を噛むものの、どんなに堪えようとしても巧みにかわされ、唆されて、薄皮を剝ぐように少しずつ内面を剝き出しにさせられた。

これまで誰にも見せたことのない深淵《しんえん》が瑛士によって暴かれてゆく。無垢《むく》な身体が染められてゆく。自分にこんな一面があったなんて知らなかった。肉欲に溺《おぼ》れるなど愚の骨頂だと思っていたのに、なにか考えようとするたびに責め具を弄られ、頭の中が真っ白に煙る。

「あ———ッ」

唐突に棒が引き抜かれ、その衝撃に引きずられるように玲は勢いよく蜜を噴き上げた。我慢する余裕なんてまるでない。これまで堪えていたものが堰を切ったようにドクドクとあふれ、綺麗に磨かれた瑛士の革靴を汚した。

「おやおや、お行儀が悪いですね」

おだやかな声ながら眼鏡の奥の双眸は凶悪さを失わない。玲は後ろ手に縛られたまま床に引きずり下ろされ、強引に四つん這いにさせられた。

「なにをする……！」

達したばかりで力の入らない足を叱咤しながら瑛士を睨み上げる。

「自分で汚したのだから、自分で綺麗になさい。それぐらいできるでしょう？」

「ふざけるな。誰がそんな……、っ」

拒絶を遮《さえぎ》るように手が伸びて来て、無遠慮に髪を鷲摑《わしづか》みされる。間髪《かんはつ》入れず尿道から抜いたばかりの棒を喉仏に突きつけられた。

「なにか勘違いをしているようだ。あなたはあなたの意志で私のものになると言ったでしょう？　私の言うことはおとなしく聞いておくことです。でないと、段階を踏んであげられなくなる」

瑛士は目を眇めながらこちらの出方を窺っている。

畜生《ちくしょう》同然の真似を強《し》いられ、人としての矜恃さえもがれそうだ。それでも、達したことで少しだけ冷静になった頭がこれからのことを算段した。

——自分には力が必要だ。すべてをねじ伏せるほどの力が。

それさえあれば社長としてＨＩＢＩＫＩを守っていけるし、親の威光を笠に着てとやっかむ連中を黙らせることもできる。うまくやることも必要だ。ただ実力を身につけるだけでなく、業界の表にも裏にも精通してするりと渡っていけるようにならなければ、本当に到達したい場所には行けない。

ヴァイオリンを諦めた時の苦い気持ちを思い出し、玲はあらためて瑛士を見上げる。

今はまだこの男の力が必要だ。自分がのし上がるために利用するだけだ。いつか必ず、この男も凌《りょう》駕《が》してやる。

ごくり、と喉が鳴った。

上体を傾け、ゆっくりと瑛士の靴に顔を寄せる。思い切って己の精液を舐めた途端、青臭い味が口の中に広がった。嫌悪感に顔を顰めそうになり、玲は必死にそれを堪える。嫌がれば嫌がるほどこの男をよろこばせるだけだ。

煩悶《はんもん》するのが愉快でならないのか、瑛士は心底愉しそうにククッと嗤う。

「どうです、ご自分の味は」

玲が答えられないと知っていてあえて訊ねているのだ。頭ではわかっていても、こんな男に跪かなければならない現実に心と身体がバラバラになってしまいそうだった。

この屈辱を忘れない――。

バランスを失ってゆく世界の中で、憎しみだけが自分を支えるすべてだと知った。

「それでは続きまして、各店の報告に移りたいと思います」

司会進行役が手元のボタンを押す。その瞬間、プロジェクターに映し出されたテレビ会議の映像がパッと切り替わった。

今日は月に一度の報告会だ。

オーバル型の大テーブルには幹部や各店舗の店長たちがずらりと顔を揃えている。社長に就任してからは二度目ということもあり、彼らも自分もまだお互いを探りながら話しているせいでどこかぎこちなく、妙な緊張感が漂っていた。

それでも取り立てて問題となるようなこともなく、議事は淡々と進行してゆく。どうかこのまま何事もなく終わってくれと心の中で願いながら玲は新たに配られた資料に手を伸ばした。

「……っ」

前屈みになった途端、身体の奥で存在を主張するものにあらぬ場所を押し上げられる。会社の売り上げ状況を確認するという大切な席でありながら、口に出すのも憚《はばか》られるようなことが秘密裏に進行していた。

仕立てのいいグレーのスーツに水色のネクタイを合わせた玲はどこから見ても凛と爽やかだ。けれど淡々と書類に目を落としていても、シャツの下にはじわりと汗が滲みはじめている。こうしている間にも誰かに見透かされてしまいそうで、後ろめたくて堪らなかった。

見つかったが最後、ここにいる全員が自分を蔑《さげす》むことは明らかで、その様子を想像するだけで息が止まりそうになる。後孔《こうこう》の奥にねじこまれているローターが緊張に収縮する内壁《ないへき》に合わせて存在を主張するように淫らにうねった。

大人の親指ほどの大きさのそれは、会議がはじまる直前に瑛士によって押しこまれた。後孔にジェルをまぶされ、足が震えるほど弄り回されてからの挿入は痛みよりももどかしさばかりを植えつけ、いまだ冷めやらぬ熱をじくじくと中に溜めこんでいる。わずかに動いただけでも奔放《ほんぽう》に内部を掻き回すローターに、そのたびにビクリと身体が竦んだ。

それだけではない。

一定の範囲内であればリモコンで遠隔操作できるらしく、先ほどから小刻みにスイッチをオンオフされ、瑛士の胸先三寸に翻弄《ほんろう》されている。次はいつ獰猛な刺激が襲って来るのかと思うと少しも気を抜いていられなかった。

こんなことを仕掛けた当の本人は教育係らしく末席で気配を消している。出席者たちの意識が届きにくいポジションが彼を一層大胆にさせ、秘密の遊戯に夢中にさせた。

ジジ……、と小さくローターが呻く。

まだ動き出しはしないギリギリのところだ。巧妙に操作しているのだろう、そうやって反応を愉しんでは、瑛士はまたスイッチを切った。

その一挙手一投足に翻弄され、いつばれるか、いつ音が漏れるかと玲は気が気ではない。どんなに自分を叱咤しても、報告内容の半分も頭に入らなかった。

「社長、この件に関してはいかがですか」

不意に話をふられ、それまで悶々としていた玲ははっとする。

「あぁ……、それなら――」

なんとか頭をフル回転し、口を開いた矢先だった。

「……ッ」

出鼻を挫《くじ》くようにスイッチが入り、叫び出したいのを堪えて奥歯を噛む。口を開いた途端、あられもない声が漏れてしまいそうで懸命に唇を引き結んだ。テーブルの下でぶるぶる震えるこぶしを握る。

けれどどんなに堪えようともローターは無慈悲に中を掻き回し、確実に玲を追い詰めて行った。

突然黙った社長を皆が固唾を飲んで見守っている。具合が悪くなったと思ったのか、心配したものたちが二、三、席を立った。なんでもないのだ、来ないでくれと言いたいのにそれすらできない。

熱い塊が好点を穿《うが》つ。頭がおかしくなりそうなほどの苦い熱に蝕まれてゆく。

玲が吐息を零しかけたその時、掻き消すように立ち上がったのは瑛士だった。

「和宮社長」

皆の注目が瑛士に移る。そんな中、なに食わぬ顔で玲のところまでやって来ると、間近で顔を覗きこんだ。

「ご気分が優れないようですね」

いけしゃあしゃあと言う男に辛うじて首をふると、瑛士は玲だけに見えるようにニヤリと嗤う。はじめて握手した時と同じだ。いや、衆人環視《しゅうじんかんし》の中にいるだけあの時よりも質が悪い。頭にカッと血が上り、今すぐ殺してやりたいとさえ思った。

疼く内胴に意識がもがれ、思考がうまく回らない。

そんな玲に代わり、会議を続行させたのは瑛士だった。

立場上、出しゃばったことは言わないまでもその場をうまく丸く収める。こうした手腕は見事というより他なく、呆気《あっけ》に取られているうちにいつの間にかローターのスイッチも切られていた。

閉会の言葉に席を立った出席者たちは、チラチラとこちらを気にしつつも黙礼して部屋を出て行く。それに応える余裕もないまま玲は堪えていた熱い息を吐き出した。汗で貼りついたシャツが気持ち悪い。下着の中も先走りでベトベトだ。強制的に昂らされ、翻弄されて、もはや椅子を立つ気力さえ残っていなかった。

いつもならそれを言葉で嬲ってくる瑛士も、今日は次の仕事があるのか、早々に立ち去って行く。

正直、追撃がなかっただけでも助かったと思ってしまう自分がいた。

機材を片づける音も徐々に静かになり、いつの間にか人の気配が希薄になる。

入れ替わるようにドアが開いて秀吾が顔を覗かせた。

「おい、どうした……？」

迎えに来てくれたのだろう。ぐったりした玲を見て駆け寄って来る。

いつもの口調で話しかけて来るということは、部屋にはもう自分たちしかいないのだろう。随分ぼんやりしていたんだなと自嘲しながら緩慢な動作でそちらを向くと、秀吾は男らしい眉を顰めた。

「大丈夫か。具合悪いんじゃないのか」

秀吾は前屈みになっていた玲を椅子の背に寄りかからせる。額の汗をハンカチで拭い、それを扇子《せんす》代わりにしてぱたぱたと風を送ってくれた。

思わずほっと目を閉じる。そんな無防備な姿に秀吾は少し辛そうな表情を浮かべたが、目を瞑《つむ》ったままの玲が気づくことはなかった。

「……なぁ。あいつと、うまくやれてんのか」

わずかに苛立ちを含んだ声。

一瞬なんのことかわからなかったけれど、秀吾の顔を見返してすぐに瑛士のことだと思い当たった。

彼がこんな顔をするのはあの男のことを話す時だけだ。思わず目を逸らすと、それをどう受け取ったのか、秀吾は「やっぱりな」とため息を吐いた。

「あんな胡散《うさん》臭い男と仲良くやれるわけないよな。なのに会長には気に入られてんだから……」

この間先代の見舞いに行って来たという秀吾は、そこで瑛士がいかに優秀な男であるかを延々自慢されたのだという。秘書を人とも思わぬ扱いをする男にただでさえ鬱憤《うっぷん》が溜まっているところにそんな話をされて、瑛士の外面のよさに辟易《へきえき》しながら平静を保つのが大変だったのだそうだ。

「おまえはどうなんだ。あんなやつと四六時中一緒にいて息苦しくないのか。嫌なことなんてされてないだろうな」

そう言われてはっとする。後ろめたさのあまり、ごまかすための声さえ喉の奥に引っかかった。

自分はもう、秀吾の知っている自分ではない。大嫌いな男と契約を結び、仕事に協力してもらう代わりに文字どおり身体を差し出してしまった。

快楽を覚えはじめた内胴は、今も奥深くにローターを咥《くわ》えこんだままヒクついている。そんな異常な行為を強いられ、受け入れ、甘受してしまうような自分はもう元には戻れないのだ。

愕然としたまま秀吾を見上げた。

なんの条件もなく、打算もなく、ただ自分を心配してくれている従兄弟。助けて……、と言ってしまいそうになって玲は慌てて下を向いた。

本当のことを打ち明けたら秀吾は自分に失望するかもしれない。淫らな行為に耽《ふけ》る自分に軽蔑《けいべつ》の眼差しを向けるかもしれない。

秀吾は、ＨＩＢＩＫＩの中で気兼ねなく話せる唯一の相手だ。もともとは従兄弟として、自分が幹部になってからは専属秘書として、ずっと支え続けてくれた存在なのだ。そんな彼をがっかりさせるわけにはいかない。縋って楽になりたい思いよりも、みっともないところだけは見せたくないという強い気持ちの方が勝った。

「和宮」

顔がこわばりそうなのを懸命に堪える。けれど、そうすることで余計に不自然さが表に現れるのは避けようがなく、それを見た秀吾は自分の方が辛そうな顔で眉根を寄せた。

「なぁ、やっぱなんかあったんじゃないのか。俺に話せないようなことか」

違う。

心の中で否定した途端、押しこめたはずのマグマが喉元まで一気に迫り上がる。話してしまいたい衝動は容易には治まらず、あともうほんの少しでも押されたらパチンと弾けてしまいそうだ。

辛うじて首をふったものの、秀吾は拒絶さえお構いなしに踏みこんで来た。

「玲」

少し怒ったような声は、本気で心配している時の秀吾の癖だ。会社では「和宮社長」、ふたりきりの時でも「和宮」と呼んでいた彼が昔のように名前を口にしたことで、一段深いところまで降りて来てくれたのだと肌で感じる。

「……秀吾……」

様々な思いが綯い交ぜになり、思わず呟いた時だ。

会議室の扉が開き、先ほど出て行った瑛士が再び姿を現した。その顔はやけに険しく、はじめて見る悪辣《あくらつ》な表情に息を呑む。いつもは完璧に外面を取り繕《つくろ》う教育係も、今ばかりは不機嫌さを隠そうともせずにまっすぐにこちらに近づいて来た。

ぱっと身体を離す秀吾に、瑛士は今さらだとばかりに嘲笑を投げる。

「私はお邪魔でしたか？」

唇の端を吊り上げるのとは対照的に、眼差しは恐ろしいほど冷え冷えとしていて嗤いもしない。秀吾はとっさに玲を庇《かば》うように前に出たが、それさえも瑛士は一笑に伏した。

「王子様気取りは無駄ですよ」

「なんだと」

「あなたの大事なお姫様はもう、あなたの知っている彼じゃない」

秀吾の肩越し、こちらを見下ろす瑛士と目が合う。第六感が警鐘を鳴らした。

――やめろ。

無意識のうちに口が動く。音にならない声を瑛士も確かに聞いていた。けれど無慈悲な彼の右手はスーツのポケットに差しこまれてゆく。懸命に首をふったものの聞き入れられる訳もなく、次の瞬間、いきなり最強モードでスイッチが入った。

「ああっ」

凶悪な刺激に堪え切れずに声が漏れる。驚いた秀吾がふり返るのが気配でわかった。

「……っ、……ぅ、……っ」

手の甲を口に押し当て、必死にやり過ごそうとするものの、瑛士は許さないとばかり振動を強く弱く調整しながらじわじわといたぶってくる。そのたびに過敏に反応してしまう自分が情けなくて、玲は消えてなくなりたい一心でテーブルに伏した。

「おい。どうしたんだ」

なにが起きているのかわからず動揺する秀吾に、ただの一言も返せないまま懸命に首をふる。なんでもないのだと言い張るにはあまりに不自然だと自分でもわかっていた。それでも、それでも本当のことを知って欲しくなくて首をふり続ける。コツ、コツ、と最後の距離を詰める瑛士の足音を半ば絶望的な気持ちで聞いた。

強引に机から引き剝がされ、それと同時にローターのスイッチも切られる。詰めていた息をようやく吐き出せたと思ったのも束の間、顎に手をかけられ無理やり上向かされた。

眼鏡越しに漆黒の双眸と視線が絡む。闇のような瞳の奥に確かに灯《とも》る情欲の炎を見た瞬間、これからされることを想像して鳥肌が立った。

――――やめてくれ。

目で伝えた時にはもう遅かった。

ためらうことなく唇が塞がれ、力尽くで欲望を暴かれる。肉厚の舌でねっとりと口内を舐められるとそれだけでぞくぞくとしたものが背筋を駆け上った。

「ん、……んぅっ」

舌が捕らえられ、絡められ、擦り合わされて全身から力が抜けてゆく。くちゅ、ぐちゅ、とわざと音をさせて深く貪ってくる瑛士を拒もうにも身体は言うことを聞かず、受け取る快感に背を反らせながら執拗なキスに溺れるしかなかった。

離れた唇の間に銀糸が渡る。それをこれ見よがしに舌で舐め取ると、愕然とする秀吾に向かって瑛士は勝ち誇ったように嗤った。

「これは、私のものですから」

「な、ん……」

目を見開いた秀吾は、瑛士と自分を交互に見る。その視線が耐えられずに玲は思わず目を瞑った。

「なにしてるんだ、和宮」

それでも秀吾は追及をやめない。――無理もない。お互いにとって瑛士は敵だ、自分たちは同志なのだと思っていた従兄弟がよりにもよってその相手と関係を持っていたとなれば、裏切られたと感じてもおかしくない。その証拠に声はかたく、呼び方さえも元に戻ってしまった。

「違うんだ」

誤解して欲しくなくて玲は精一杯声を絞り出す。これは望んだことじゃない。この男への感情は決して恋愛なんかじゃないと洗い浚いぶち撒けようとした刹那《せつな》、またしても埋めこまれた責め具が振動をはじめ、それ以上の言葉は呑みこまざるを得なくなった。

消え入るような艶声《つやごえ》が漏れてしまうのを止められない。秘密が露呈することを思うだけで恐ろしさに身が竦んだ。

瑛士は乱暴に玲のネクタイを外し、腕を後ろでひとつに縛り上げる。ワイシャツの合わせ目を力任せに左右に開かれ、飛び散ったボタンが床を転がって行くのに呆然と目を見開くしかなかった。

「んんっ」

肌を這い上る手が乳首を掠め、またもくぐもった声を上げてしまう。

「あぁ、もう立たせていたんですか。我慢できなかったんですね」

指できつく抓られただけで堪らずに腰が揺れた。まるでパブロフの犬のごとく、脳天に突き抜ける痛みに銀色の責め具を思い出す。はっ…と嘆息するのを聞き逃さず瑛士がニヤリと口端を上げた。

「はめて欲しいんでしょう。あなたを苛む道具を、ここに」

ポケットからクリップを取り出され、チラつかされて喉が鳴る。その様子をふたりが至近距離から見ているのかと思うと理性が灼き切れてしまいそうだ。首をふって拒否したものの、怯えた表情は瑛士の嗜虐心を煽っただけだった。

「この間よりきつくしてあげますよ」

愉しそうに両方の乳首にはめられる。敏感な部分を容赦なく苛む道具に汗がどっと噴き出した。

「は、……ぅ、……っ」

「あ、……ぁ、っ」

無理やり椅子から立たされてテーブルの上に突き倒される。強《したた》かに背を打ちつけ小さく呻く間にも素早くベルトを抜かれ、瞬《また》く間に下肢を露わにされた。

開かされた膝の間では既に自身が屹立《きつりつ》し、痛いくらい腫れ上がっている。ヒクつく後孔はローターの振動に合わせてパクパクと物欲しそうに口を開いた。

「おまえら、なに、やって……」

呆然とした秀吾の声に玲はかたく目を閉じる。彼にだけは知られたくなかったのに――そんな唯一の望みさえ無残にも打ち壊された瞬間だった。

けれど瑛士だけは動じない。秀吾に向かって冷静な声を発した。

「鍵をかけて来ていただけますか。あなたの大切な人の痴態を他人に見せたくないでしょう？」

「なに言ってんだよ。なにするつもりだよ」

「わかりませんか」

「わかりたくなんかない。おまえが無理やりこいつを！」

「合意の上だ」

瑛士がぴしゃりとはね除ける。

「嫌なら出て行っていただいても構いませんよ。……その代わり、なにをしてしまうか私にもわかりませんが」

この期《ご》に及んでストッパーになれと言っているのだ。信じられない言葉に玲は思わず目を見開き、まじまじと瑛士を見た。

　腹の底が見えない男。それを今ほど恐ろしいと思ったことはない。言いようのない焦燥に駆られ、玲は恐怖に貼りつく喉から必死に声を絞り出した。

「頼む……出て行ってくれ」

「和宮」

　こちらを見た秀吾の顔が苦悶に歪む。

　知人の情交、ましてや仲間だと思っていた男が憎らしい相手に抱かれるなど見るに耐えないものだろう。それでも、ストッパーになってやれるのは自分だけなのだという自負が彼を頑《かたく》なにさせていた。

　唇を噛み、堪えようとする秀吾に玲は何度も首をふる。

　過ぎた喜悦に熱を抑えられない自分は、もうすぐ我を忘れてただの獣に成り下がる。たとえどんなに恥を晒しても、みっともないところを見せても、最後の矜持だけは捨てたくなかった。

「頼む、から……っ」

　絞り出した声に秀吾は逡巡した末、やがて俯きながら部屋を出て行く。静かに重たい扉が閉まるのを見届けて、瑛士は愉しそうに含み笑った。

「なにをしてしまうかわからないと言ったのに」

　睨めつける玲の視線などものともせず、ゆっくりと覆い被さって来る。

「今日は足腰が立たなくなるまで何度でも犯してあげますよ。まずは、あなたの好きなこれで存分に恥ずかしい姿を晒すといい」

「なっ……、あぁあっ」

言葉の意味を理解するより早く、スイッチを最大にされて思わず仰け反る。愉悦に解けた前立腺《ぜんりつせん》をぐりぐりと捏ね回され、なす術もなく高みへと引きずられた。

「あっ、あっ、……ぁ……っ」

もはやみっともないと取り繕う余裕もない。腰を突き出しながら玲は蜜を噴き上げた。

触れられずとも達してしまったせいで自身はかたさを失わず、むしろきっかけを得たように新たな白蜜をとぷりと零す。終わらない絶頂感に頭がどうにかなりそうだ。荒い呼吸を唇で塞がれ、奪われてももどかしさは消えなかった。

自分はどうしてしまったんだろう。そしてどうなってしまうんだろう。

漠然とした不安で胸が一杯になる。けれどそれも瑛士によってあっという間に掻き消された。

ローターのスイッチが切られ、後孔に指が潜《もぐ》りこんで来る。道具を掻き出そうとする指先にすらどうしようもないほど感じてしまい、責め具を離すまいと内壁が淫らにうねった。

「ふふ。まだ足りないようですね」

内股をきつく吸われ、鬱血《うっけつ》の痕《あと》がつく。痛みに一瞬気が逸れた間にローターを取り出した瑛士は、やわらかに綻《ほころ》んだ肉襞《にくひだ》に取り出した己を宛《あて》がった。

「すぐに満たしてあげますよ」

「嘘、だろ……」

「まさか」

ぐちゅっと音がして切っ先がねじこまれる。達したばかりでうまく力が入らない身体は、後孔に侵入した凶悪な楔《くさび》さえ徐々に受け入れはじめた。

「やっ、痛、……や、め……っ」

入口が目一杯開かされ、壮絶な痛みに身悶える。小刻みに揺すり上げられ、大きく張り出した亀頭を呑みこまされて身体はミシミシと悲鳴を上げた。

「やめ、……氷堂、……ぁっ、あ……っ」

痛みに萎《な》えかけていた自身を握られ、ゆっくりと上下に擦られる。次第に強く激しくなる手淫に翻弄され、いつしか雄《おす》を迎え入れるように中が大きく蠕動《ぜんどう》した。

「あ、あ、……や、……ん、……っ」

それに反して瑛士はわざと入口ばかりを攻め立てる。時に抜かれてしまうのがもどかしくて、そんな己の変化に玲は愕然とするしかなかった。それでも笠の部分が抜けて行く時の身の毛がよだつような感覚は一度覚えたら忘れられなくなる。だから突き入れられるたびに次を期待して腰が揺れた。

「ん……あっ」

一際ゆっくり抜かれた後で、一気にズンと突き上げられる。それをくり返されるだけで頭の中が真っ白になった。身体の内側からも瑛士という男を覚えさせられてゆく。マーキングのように隅々まで切っ先で抉られ、消えない熱を植えつけられてますます肌は艶めかしく火照《ほて》った。

「……あぁっ」

瑛士が腰を大きく揺すり上げる。長大な雄は最奥《さいおう》まで入ってもまだ余りあるほどで、勢いよくすべてを穿たれると肉のぶつかる音に合わせて脳内に光が散った。

小刻みに出し入れされるたび陰嚢《いんのう》がぶつかる。たっぷりと蜜の溜まった袋は重く、何度でも犯してやると唆しているようだ。限界まで広げられた孔とは裏腹に粘膜は早くも慣れはじめ、きゅうきゅうと雄蘂《ゆうずい》に吸いついた。

「は、……っ」

朦朧《もうろう》としはじめた玲は、無意識のうちに秀吾が出て行った扉に顔を向ける。それを引き戻すように勃起した根元を抑えられ、クリップをはめた乳首に噛みつかれて、堪らず悲鳴のような声を上げた。

「い……ッ、ああっ」

バラバラになりそうな意識を掻き集め、渾身の力で瑛士を睨みつける。けれど対峙した表情は予想していたものとは少し違った。瑛士は嗜虐に目を閃かせながらも、なぜか悔しさのようなものを滲ませていたのだ。

――え……？

それを見た瞬間、記憶の蓋《ふた》がゴトリと動く。この顔をどこかで見たような気がする。

けれど胸騒ぎがしたのは一瞬のことで、叩きつけるような激しい抽挿《ちゅうそう》にすぐになにも考えられなく

なった。達せない苦しみと獣のような交わりに煩悶するまま、玲はなす術なく揺さぶられる。

「……く、……っ」

やがて瑛士が中で爆《は》ぜた。どくどくと注がれた熱いものが最奥を濡らす。その瞬間、本当にこの男に犯されてしまったのだと屈辱に目の前が真っ暗になった。

瑛士は自らの匂いを擦りつけるようになおも雄を抜き差しした後、ゆっくり引き抜く。荒い呼吸もそのままに玲を俯せにして足を下ろさせ、テーブルに突っ伏すような格好で今度は後ろから挿入した。

ぐぷん、と軽い衝撃の後で易々と雄蘂が潜りこんで来る。まだかたさを失わないそれは抽挿のたびに中の精液を掻き出し、ぐちゅぐちゅと淫らな音を立てた。

後孔から瑛士の放ったものがあふれ出る。生あたたかい滴《しずく》が内股をつうっと伝うたびに背徳感に晒され、玲はぶるぶると身を震わせた。

瑛士は玲の腕を縛っていたネクタイを解き、まだ勃起したままの玲自身をきつく縛る。そうして射精を禁じると、今度は両手で形のいい尻を揉みしだきはじめた。

大きな手で鷲摑みされ、肉を捏ねられると、その間に太い雄が深々と突き刺さっていることを嫌でも意識させられ、感じてしまう。動物の交尾のように穿たれているにも拘わらず、この状況でさえ目《め》敏《ざと》く快楽を嗅ぎ取ってしまう自分が許せなかった。

「は、……あっ、ん……あぁ……っ」

この体勢では相手の姿が見えない分、その一挙手一投足により敏感になってしまう。凶器のような亀頭が前立腺を擦り上げるたびに耳を塞ぎたくなるような声が漏れた。

玲の先端からは細い糸のように蜜が垂れている。かたく勃起したそれはテーブルの裏に擦られ、突き上げられるたびにぬらぬらとぬめりを広げていった。

それに気づいた瑛士が動きを止め、ぐるりと括れを撫で回す。

「……っ」

「随分辛そうですね。達かせてくださいと言えたらこれを解いてあげますよ」

「冗、談……っ」

「意地を張ったって、なくすものなんてもうないでしょう？」

私に抱かれることすら拒めないあなたが。

吹きこまれた言葉にカッとなって肘で打とうとしたものの素早くいなされ、逆に強引にくちづけられた。身体が捻《ねじ》れ、苦しさに喘ぐ。それでも唇に噛みついてやると瑛士は一瞬驚いたように目を開き、それからほの昏い顔で嗤った。

「ますますあなたが気に入りましたよ。玲さん」

ダン！　と音を立ててテーブルに頭を打ちつけられ、痛みに呻いたところを突き上げられる。まともに息もできずに咽《む》せる玲には目もくれず、瑛士はひたすら切っ先をねじこんだ。

「……う、…く、っ……、っ」

たとえ肉体的な屈辱を受けても心まで明け渡してはいけない。屈してはいけない。言いなりにだけはなってはならない。

遠くなっていく意識の中、玲は懸命に歯を食い縛る。

自分たちは互いを利用し合うもの同士だ。均衡《きんこう》が破られればたちまち頭から一呑みにされる。どんな屈辱を与えられようとも、それに負けては相手の思う壺だ。矜恃だけは守らなければ。

握り締めたこぶしが机の上でカタカタと震える。

大きな手が不意に背中を滑り、そのまま両手で腰をグイと引かれた。

「あなたが誰のものなのか、はっきりわからせてあげましょう」

瑛士は苛立ちを叩きつけるように一層激しく打ちつけてくる。雄蘂は玲の中でさらに凶暴さを増し、最奥を限界まで押し開いて行った。狂気的な追い立てにまたも身体が引きずられる。高みへと押しやられる一方、溜まった熱は出口を求めて精神まで冒しはじめた。

「も、……や、め……あぁ……っ」

「苦しいでしょう？　あなたへの罰だ」

なんのことだと聞く間もなく、瑛士は最後の追い上げにかかる。

「また中に出してやる。私の味を忘れられなくなればいい」

「……っ、あ……あぁ……」

「私にされたことを、死ぬまで忘れなければいい」

「――……っ」

二度目の放埒が注がれ、玲もまた吐き出さないまま極みに達する。

それきり意識はどろどろに溶け、奈落《ならく》の底へと吸いこまれて行った。

*

今後のスケジュールを秀吾が淡々と読み上げている。

急ぎのメールを流し読みしながらそれを聞いていた玲は、思った以上のハードスケジュールに秘書に聞こえないようにため息を吐いた。

明日は社長としての通常業務に加え、名代として得意先を訪問し、商工会に顔を出し、夜には懇親会まであるらしい。ひとつの身体でふたつの役職をこなすことは想像以上の負担を玲に強いた。

ただでさえ瑛士のことで心身ともに疲弊している。できるだけ静かに過ごしたいところではあるが、そうも言っていられないのが仕事だ。いつもの眩暈をやり過ごすべくこめかみに指を当てていると、目敏くそれを見つけた秀吾が話すのをやめてこちらを見た。

「辛そうだな。少し休むか」

三十分なら融通できるとの申し出を礼を言って断る。

――また、余計な気を遣わせてしまった。

瑛士に弄《もてあそ》ばれているところを見てからというもの、秀吾は特にやさしくなったように思う。はじめのうちは関係をやめるよう説得された。力尽くで好き勝手されて拒めないなら俺がなんとかしてやると同情された。けれど玲が納得した上での契約だと告げるや、秀吾は彼の方が痛くて堪らないような顔をして黙りこみ、がっくりと項垂《うなだ》れたのだった。

彼のこぶしがみるみる白くなったのを今でもはっきりと覚えている。怒っているのだとわかった。誰にでもやさしく明るい男が、言葉に出せないほど怒っているのだと。

事情を話せばわかってくれるかもしれない。楽器をやめた理由だって知っている彼だ。父親との関係の中で、自分がなぜこれほど結果を出すことに執着しているか、秀吾なら理解してくれるはずだ。

それでも玲にはためらわれた。たとえ一時とはいえ、快楽に流されてしまったのは間違いなく事実であり、そんな自分が許せなかったのだ。

交換条件。ギブアンドテイク。

瑛士のノウハウをもらう代わり、自分は身体を彼に差し出す。それだけの関係だったはずなのに、一言では言い表せなくなりつつある。

――私にされたことを、死ぬまで忘れなければいい。

瑛士の言葉が耳にこびりついて離れない。教育係の域などとうに越えた執着だと感じるのは思い上がりだろうか。彼自身を徹底的に刻みつけようとする激しさをどう受け止めたらいいのだろうか。

事態は複雑に絡み合いはじめている。

混乱し、困惑する玲を、それでも秀吾は見捨てなかった。

スケジュールはあいかわらず過密を極めたけれど、少しでも早く帰れるよう調整してくれている。

会議の間には必ず休憩を取れるようにし、過保護なくらい体調を気遣ってくれるようになった。

いつも傍で支えてくれた秀吾。年下ということを感じさせない行動力と包容力で、ずっと自分を助けてくれた。そんな彼の恋人になる女性はしあわせだろうなとぼんやり思う。きっと心から愛され、大切にしてもらえるに違いない。

「なにを考えてる？」

そっと前髪を掻き上げられ、思考はそこで中断した。

仕事中にも拘わらずうわの空だったことを注意されるのかと思いきや、秀吾はそれ以上に思案顔だ。

彼が自分の額に手を当てようとしていたのだとわかり、玲は慌てて身体を反らせた。

「……俺のこと、気持ち悪くないのか」

とっさに口を突いて出た言葉に、秀吾は悔しそうに目を眇める。

「セックスしたら人は汚れるとでも思ってるのか」

直截《ちょくさい》な言葉に、今度は玲の方が目を瞠った。

安心させるように秀吾がゆっくりと頷いてみせる。

「大丈夫だ。なにがあってもおまえは汚れたりしない。俺が保証してやる」

「中里……」

掛け値なしの言葉がうれしかった。それだけで自分はまだ歩き続けられると思った。

そう言うと、秀吾が一瞬泣きそうになる。最近こんな顔をよく目にするようになった。けれどすぐさま表情を元に戻すと、秀吾は冷静に切り出した。

「あの男のことだが」

空気が変わったことで無意識に下腹に力が入る。

「まともな人間じゃないのはおまえもよくわかってるはずだ。絶対なにか裏がある。会長の後ろ盾がある以上、そいつを暴いてＨＩＢＩＫＩから追い出す以外に方法はない」

「そんなこと……」

「できるとは限らないが、やらないって選択肢は俺にはない」

きっぱりと言い切る彼は、極秘裏に瑛士の元部署の人間にそれとなく話を聞いたり、人事部の知り合いから履歴書を見せてもらったりと、自力でできる範囲で身辺を洗っていたという。けれどろくなネタは出ず、むしろ優秀な男であるという事実を突きつけられて終わったのだそうだ。

「こうなりゃいっそ、興信所にでも頼んでみるか。合法的な手段が見つかるかもしれない。おまえが楽になるならなんでもしてやる」

まっすぐに向けられた焦げ茶の瞳。

秀吾が本気で自分のためを思って言ってくれているのがわかるだけに、おいそれと首を縦にふる訳にはいかなかった。彼には彼の生活がある。それに、充分力をつける前に瑛士にいなくなられては、せっかく身体を張った契約も反故《ほご》になってしまう。それでは元も子もないのだ。

——結局、最後は打算だな。

聞こえないように自嘲の言葉を嚙み殺した。

自分は、秀吾が思うような綺麗な人間ではない。自他ともに厳しく在ろうとするくせに、その実、打算的な考えで動くような狡《ずる》い男だ。そうでなければあんな交換条件など土台受け入れられるわけがない。

それでも、秀吾の気持ちは純粋にうれしかった。

邪《よこしま》な幹部連中に足を掬《すく》われそうになり、口喧《くちやかま》しい組合の老獪な連中に厭味を言われ、取引先にさえ賄賂を要求されるような日々の中で、彼だけはまだ自分を支えようとしてくれている。未熟な自分のために献身的に動いてくれる秀吾を見ているうちに、一日でも早く立派な経営者になって彼を安心させなければという気持ちが強くなった。

「すまない、中里。だがこれは俺の問題だ。俺がなんとかする」

「でもおまえ……」

「そう言ってもらえてうれしかった。頑張るからな」

秀吾はまだなにか言いたそうにしている。けれど玲が仕事を再開したのを見て、小さな嘆息と引き替えに黙ってそれに従った。

早く一人前になりたい――。

逸《はや》る気持ちとは裏腹に、状況がそれを許さなかった。

あれから瑛士の執着はますます激しさを増している。四六時中目を離さないようになったばかりか、社長室のデスクに組み敷いては事あるごとに身体を繋げた。

名代の分まで助けてもらっているとはいえ、まるで苦渋を擦りこむように連日犯され、そのたびにギラギラした目を向けられれば心身ともに参ってしまう。もともと腹の読めない男ではあったけれど、あの日以来、彼の眼差しには渇いた焦燥のようなものが混じっているように見えた。

少しずつ瑛士が変わっていく。秀吾も変わっていく。そして自分も変えられていく。

仕事と情事、そのどちらをも求められる社長室にひとりでいると、なぜか悲しくもないのに泣きたくなったし、おもしろくもないのに突然笑い出したりして隣室にいる秘書をギョッとさせた。

自分が自分でなくなっていく。情緒《じょうちょ》不安定なまま快楽だけを植えつけられていく。孕むことのない腹の中に何度も放埒を注がれるたび、瑛士の精液が身体中を巡って全身の細胞が造り替えられてしまうのではないかとおかしな妄想に取り憑《つ》かれたりした。

疲れているせいだ。それは自分でもよくわかっている。事実、この半月まともに眠れた試しがない。せっかくうとうとしてもあの夢を見て飛び起きてしまい、まんじりともしないまま朝を迎えることのくり返しだった。

それでも仕事があるから会社に行くし、求められるから身体を開く。それだけが己の価値と言わんばかりに玲は心を殺し、肉体が発する悲鳴にも長いこと気づかないふりをして来た。

その代償がやって来たのは一週間後。

その日も、朝から微熱が続いていた。

最近はずっとこんな調子だ。はじめこそ足元がふらついたものの、慣れてしまえばなんでもない。眩暈も日常茶飯事なのでさして気にも留めず、玲はこめかみに指を当てながら報告書に目を落とした。

けれどどうにも焦点が合わず、何度も瞬《まばた》きをしては目を凝らす。そうこうするうちに頭もズキズキしはじめて今度は頭痛かと顔を顰めた。

やっとのことで会議を終え、瑛士とともにエレベーターに乗りこむ。部屋に戻ったら秀吾に頼んで少しだけ休ませてもらおう。フロアに着くまでもうしばらくの辛抱だ。

己を励ましながら、縋る思いで階数表示を見上げた瞬間——視界が回った。

「あ……」

それがいつもの眩暈ではないことはすぐにわかった。

どれだけ目を凝らしても拉げた視界は戻らない。すべてがぼんやりと輪郭《りんかく》を失い、すぐに形もわからなくなった。上昇するエレベーターの中、自分だけが元いた場所に取り残される。重力に引かれた身体が重い。沈む。沈んでしまう。

瑛士がなにか言っている。わからない。聞こえない。顔を向けることもできない。ぐにゃりと崩れ落ちるのと同時に意識はそこでぷつりと切れた。


暗闇の中で目が覚めた。

久しぶりに夢も見ずに眠ったと妙な感慨に包まれながら瞼を開く。そうやってゆっくり眠ってみて、はじめて自分がどれだけ疲れていたのかを思い知った。大きく深呼吸するだけで広がった肺に肋骨《ろっこつ》が押し上げられ、身体が軋む。

これじゃ油の切れた機械じゃないか。

使いものにならない無用の長物《ちょうぶつ》に己をなぞらえ、玲は皮肉に顔を歪める。いろいろなことがあり過ぎて、混乱の度を越したせいでよくわからなくなってしまった。

「そういえば……」

あらためてぐるりと周囲を見渡す。部屋が暗いせいでぼんやりとしか見えないけれど、少なくともここが自宅でないことはわかった。

自分の身になにが起きたのか確かめるべく身体を起こしかけ、遅れてやって来た頭痛に小さく呻く。ズキズキと疼くこめかみを指で押さえ痛みをやり過ごしていると、ドアが開いて誰かが入って来た。

ダウンライトが点《つ》いたことでそれが瑛士だとわかる。珍しくスーツは着ておらず、グレーのニットに黒いパンツというラフな格好が新鮮で、無意識に目が吸い寄せられた。

まるで家にいる時のようだと思った瞬間、倒れる直前のことが鮮やかに思い出される。

自分は仕事中だったはずだ。瑛士とエレベーターに乗っていた。上を見上げた途端にぐらりと来て、目の前が真っ暗になったところまでは覚えている。それがどうしてこんなところに――。

「ここは私のマンションです。車で運べる場所がここしかなかったもので」

当惑を読んだように提示される答えに、一瞬で血の気が引いた。

「し、仕事は。スケジュールは。今日は幹部報告会もあったはずだ。今は何時だ……っ」

「調整しておきましたよ」

冷ややかな声にいなされる。壁に寄りかかり、腕を組んだままの不遜な態度すら今の玲には目に入らなかった。

まずい。午後には商工会に行くはずだった。その後は懇親会もあったはずだ。HIBIKIの社長が来ると主催者がふれ回っていたと聞く。挨拶も頼まれていた。今さら穴を空けるわけにはいかない。とにかく秀吾に電話しなければ――。

「お、……っと」

急《せ》く心とは裏腹に、言うことを聞かない身体が大きく傾《かし》ぐ。

もどかしさに歯噛みする玲を寝かせると、瑛士はきっぱりと宣言した。

「明日も有休にしておきました。あなたの優秀な秘書に散々言われましたので、今後は倒れる前にご自分で気をつけてください。体調管理も仕事のうちです」

彼の言うとおりだ。返す言葉もなかった。

確かに自分は疲れていた。心身ともに追い詰められていた。けれどそれを引き起こした元凶は己の弱さだ。自分の意志で瑛士と契約を結んだ以上、この男を責める謂《いわ》れはないし、そもそも彼に助力を乞わねばならなかった己の力不足が招いた結果だ。

社長として気を張っていた。すべて力でねじ伏せてやると意気込んでいた。それなのに教育係に尻拭いをさせ、秘書にも迷惑をかけている。

不甲斐なさを噛み締めながら、玲は懸命に訴えた。

「それならせめて、得意先にだけでも詫びに行かせてくれ。社長就任のお祝いだと言って大口発注をくれた人なんだ。信用を失うわけにはいかない」

「そんな状態でどこに出向こうと言うんです。その時その時に結果を出せなければ、はじめからなにもしなかったのと同じです。それがビジネスというものだ。あなたはそれだけのものを背負っているんですよ」

正論に唇を噛む。昔、彼に言われたことの重みを今ほど痛感したことはなかった。

少しずつ積み上げてきたものが一瞬にしてガラガラと崩れていく。摑みかけた蜘蛛《くも》の糸が目の前でぷっつりと切れる。

自分のせいで――。

目の前が真っ暗になり、愕然としたまま右腕で目を覆う。これまで必死に抱えて来たものの重さにとうとう心がぐしゃりと拉げた。

「これじゃ、お飾りと言われてもしかたないだろうな……」

悔しさに鼻の奥がツンとなる。己の耳を通して聞く弱音ほど情けないものはなかった。

自分に父親ほどのカリスマ性があれば、あるいは商才に長けていれば。けれど自分にはなにもない。一人前と認められるには程遠い、鼻っ柱の強い青二才がいい気になっていたに過ぎないのだ。

「結局、なにもかもが中途半端だ。こんな男に価値なんてない」

「玲さん」

自らを貶《おとし》める玲を窘《たしな》めるように瑛士が静かに口を挟む。そっと右腕をどかされ、真正面から顔を覗きこまれた。

瑛士はベッドの端に腰を下ろし、さらに距離を縮めて来る。なにもかも見透かすような闇色の瞳に見つめられ、これまでなら居心地悪いと目を逸らしていただろうけれど、今はなぜかできなかった。

覗きたいなら好きにすればいいという自棄《やけ》と、知って欲しい、認めて欲しいという訳のわからない欲求が入り交じる。自分でも持て余す感情になす術もないまま、玲は瑛士の目を見つめ続けた。

不意に、眼鏡の奥の目がふっとやわらぐ。はじめて見る表情に思わず目を瞠ると、瑛士はすぐに感情の読めない顔に戻った。

「私は、そんな人間につき合うほど暇ではありません」

ぶっきらぼうに言い捨てられる。あまりに彼にそぐわない言葉だったせいで、それがどういう意味なのか、とっさにはわからなかった。

「あなたに社長としての価値があるかどうかは株主たちが判断します。賛同が得られなければ総会で否決されるだけの話だ。今決めることじゃない」

言葉はため息とともに霧散する。瞬きをする時間さえ惜しくて食い入るように瑛士を見上げた。もしかして、彼は慰めてくれたんだろうか。自分を認めてくれたんだろうか。心の奥からなにかがじわりと染み出して来てどこか落ち着かない気持ちにさせる。

「……氷堂……」

だが瑛士がすっと目を逸らしたことで、玲は唐突に我に返った。

自分はなにを期待したのだ。そんなこと、あるわけがないのに。

瑛士は自分を憎んでいる。だから何度も組み敷いた。己の優位を見せつけるため、壊れてゆく自分を見て愉しむために。今さらだ。それなのに、どうしてこんなに狼狽《うろた》えてしまうのだろう。もやもやしたものを見透かされたくなくて玲はとっさに寝返りを打つ。後ろで瑛士がサイドボードの上に眼鏡を置く音が聞こえた。

静かにブランケットが捲《まく》られ、ベッドがふたり分の重みに軋む。ギシリという音を耳にした途端、おかしいくらい意識はすぐに切り替わった。

結局、自分たちの間にあるものはこれしかない。

今夜の務めを要求されたのだと悟り、無言で向き直った玲は事務的にシャツのボタンに手をかける。けれど瑛士はなぜかそれを制した。それどころか、隣に寝ていながら手を出して来る気配もない。

「……今日は、しないのか」

だから思い切って口にする。誘うようなことはしたくなかったが、自分にはこれしかないと思うとしかたなかった。

「病人を襲う趣味はありません」

「眩暈ならもうなんともない」

「どうしたんです。今夜はやけに積極的ですね」

からかうような口調で返され、頬がかあっと熱くなる。けれど相手のペースに巻きこまれてはいけないと努めて冷静に切り返した。

「仕事を肩代わりしてもらった礼だ」

「……契約のためだから、と？」

瑛士がわずかに眉を寄せる。

玲は頭痛を堪えて起き上がると、瑛士の両脇に手を突いて覆い被さった。

「俺はこんなことでしか役に立たないんだ。だから好きにすればいい」

「……」

また瑛士が顔を歪める。

小さなため息の後で力強い腕に引かれ、身構える隙もなく瑛士の胸に倒れこむ。自分の身になにが起きているのかまったく理解できないまま、玲はひたすら息を潜めた。

何度身体を重ねても、抱き締められたことはなかった。恋人でもない自分たちには必要のないことだったからだ。

それなのに。

快楽を覚えた上に、人肌のぬくもりまで知ってしまったら元に戻れなくなりそうで恐い。漠然とした不安に揺れる玲を落ち着かせるように瑛士はゆっくりと背中を撫でた。

「……っ」

いつもの熱を煽るやり方ではない。労《いたわ》るようなやさしい手つきにますます混乱してしまう。

身をかたくする玲に、瑛士は耳元でふっと笑った。

「そう怯えた猫のように毛を逆立てなくても、取って食ったりしませんよ」

「な……」

「今は体調を元に戻すことが先決です」

やはり今夜の瑛士はどこかおかしい。これでは自分を気遣っていると明言しているようなものだ。これまでどんなに無体なことを強いても、一度もそんな素振りを見せたことなどなかったのに。

反応に困ったまま返事ができないでいると、それを不服と取ったのか、瑛士は玲を抱いたまま横向きに姿勢を変えた。

「気が収まらないと言うなら、抱き枕にでもなっていただけますか」

低音の囁き声が頑なであろうとする胸底を揺らす。密着した胸からは心臓の音がトクンと響いた。幾度肌を合わせても聞いたことのなかった音。どうしてと問いかける言葉を呑みこんで玲は耳を傾け続けた。

自分も大概《たいがい》どうかしている、おとなしく許すような真似をして。

自嘲にも似たものがふっと零れる。

情が移ったわけではないと自分で自分に言い訳をしながら、玲はこの世で一番憎い男の腕の中で目を閉じた。


玲が再び目を覚ましたのは、時計の針がもう十時を回ろうかという頃だった。

瑛士はとっくに起きていたらしく、シーツに人肌のぬくもりはない。彼の前で無防備になってしまった自分がにわかには信じられず、なんとも妙な感覚に包まれた。

これまで常に気を張っていたせいか、小さな物音にも目を覚ましてしまうことが多かった。そんな自分が、隣に人がいるのも構わず熟睡してしまったどころか、起きる気配にも気づかなかったなんて。

眠る直前に交わした瑛士との会話を思い出す。

――私は、そんな人間につき合うほど暇ではありません。

まるで自分には、瑛士が面倒を見るだけの価値があると言っているように聞こえる。体調ひとつ満足にコントロールできず、仕事先に迷惑をかけ、秘書や教育係に尻拭いをさせ、お飾りと呼ばれてもおかしくないようなこの自分を。

よく眠った後だというのに、どうもふわふわとしたまま落ち着かない。その上、どこからともなくコーヒーのいい香りが漂って来て思考はそこで中断された。そうこうするうちにパンの焼ける香ばしい匂いまでが胃を刺激し、昨夜からなにも食べていない空きっ腹がぐうと鳴る。

まるで見ていたかのようなタイミングでベッドルームのドアが開いた。

「おはようございます。玲さん」

顔を覗かせたのは瑛士だ。

「……おまえ、仕事は？」

「私が誰の教育係かお忘れですか？」

当然のように答える彼を前に言葉に詰まる。自分につき合って休むとは思いもしなかったのだ。

けれど瑛士は構わず続ける。

「起きられるようであれば、ブランチでも。豪勢な食卓ではありませんが」

そうやって小さく肩を竦めるのは謙遜《けんそん》する時の彼の癖だ。先に出て行く背中を見送り、またもふわりとしたなにかが胸を過ぎるのを感じながら玲は手早く身支度を整えた。

リビングはひとり暮らしにしてはかなりゆったりした造りで、中央に黒い革張りのソファとガラス製のローテーブルがある他はこれといった家具もない。いっそストイックと評すべき生活感を感じさせない空間に驚いていると、瑛士はなんでもないことのようにさらりと言った。

「引っ越しの時にあれこれ処分するのが面倒なので、極力ものは持たない主義なんです」

「そう、か」

自分にとっての家とは、実家がそうだったせいか、代々受け継いでいくものというイメージが強い。今でこそひとり暮らしをしているけれど、ある程度の家具は揃えるのが当たり前だと思っていたし、傷むまで使い続けることを疑ったこともなかった。

「人それぞれでしょうけど、私は常に身軽でいたいので」

玲の戸惑いを読んだように瑛士は「それに」と言葉を続ける。

「近々、ここからも移ることになると思いますし」

やはりどこか摑みどころのない男だ。

瑛士はその場の雰囲気を変えるように玲をソファへと促した。

「冷めないうちに食べましょう」

いつも朝食はコーヒーだけで済ませるという瑛士だが、今日は近所のベーカリーまでわざわざ出向いてくれたらしい。軽くトーストされたオーガニックパンは嚙めば嚙むほど味わい深く、一緒に買って来たという緑黄色野菜の温サラダもやさしい味わいでほっとした。

社長就任前から外食中心ではあったけれど、それでもまだまともに食事をしている方だった。経営を交代し、さらに名代まで肩にのしかかってからというもの、栄養補助食品やドリンク剤に頼ることが多くなり、考えてみればこうしてまともに野菜を摂るのも随分久しぶりのような気がする。

　そう言うと、瑛士はこれ見よがしに顔を顰めた。

「そんなことばかりしているから倒れるんです」

「だが、時間がない時もある」

「いいですか。栄養バランスの取れた食事は体調管理の基本です。あなたに好き嫌いする権利はありませんし、食事を抜くなどもってのほかです」

　正論だけに反論できない。それでもなにか言い返したくて玲は口を尖らせた。

「そういうおまえはどうなんだ。自炊でもしてるって言うのか」

「まさか」

　意外なほどあっさりと返される。

「テレビもないような家に住む男が調理器具なんて揃えると思いますか？　普段はすべて外食ですが、栄養価とカロリーを計算しながら効率的に摂取しています」

「いちいちそんなこと考えながら外食するなんて無理だろう」

「私にとってはそれが普通ですから」

「……」

　まるでロボットと話をしているような気になってくる。彼にとって味つけや気分といったものは二の次、あるいはまったく気にしないのかもしれない。ためしに好物はないのかと聞いてみたものの、瑛士はしばらく考えて「毎日口にするのはコーヒーぐらいですね」と返した。

「それは食べものじゃないぞ」

「好物なら毎日摂ってもおかしくないでしょう。それがコーヒーというだけです」

おかしなところで無頓着な男だ。

「カフェインの摂り過ぎはよくないそうだから、気をつけろよ」

なにげなくそう言ってやると、瑛士は少し意外そうに「心配してくれるんですか」と口端で笑う。その表情がおだやかだったせいで不思議とからかわれたような気はしなかった。

テーブルに視線を戻した瑛士がコーヒーカップを取り上げ、わずかにためらってから口をつける。それはほんの一瞬だったけれど、自分の一言が彼をそうさせているのだと気づいた瞬間、妙な感慨に囚われた。

まったく、昨日から自分はどうしてしまったんだろう。憎むべき相手と馴れ合うような真似をして。やむにやまれぬことならまだしも、こんなふうに一緒に食事を楽しむ日が来るなんてまるで思いもしなかった。

なんとなくいけないことをしているような気分になり、玲は食事を終えるなり腰を上げる。

その手を瑛士が摑んで引き止めた。

「どうせ家に帰ったら仕事をするつもりでしょう。遅れた分を取り戻そうとして躍起《やっき》になれば、また同じことをくり返しますよ」

「いや、だが……」

「お茶のお代わりを淹《い》れましょう。座っていてください」

そう言うなり瑛士はカウンターキッチンに歩いて行ってしまう。

しばらくはうろうろと視線をさまよわせていた玲だったが、手持ち無沙汰も手伝ってしかたなくソファに腰を下ろした。

倒れて運びこまれたという行きがかり上、不可抗力と言えば不可抗力なのだが、こうして他人の家に長居するのは生まれてはじめてのことだ。その上、これまで冷淡な顔しか知らなかった瑛士の意外なほど人間臭い一面や融通の利かないところ、かと思うと自分以上に大雑把《おおざっぱ》な側面を知って、驚くと同時にどこか落ち着かない気分になった。

交換条件を呑んだだけの、ただの契約相手におかしな話だ。

小さく嘆息し、気を逸らすようにテーブルに目を遣る。皿を片づけたことでガラス板の下まで見通せるようになったテーブルの棚には、小さな木片がひとつ、無造作に置かれていた。

バウムクーヘンを一口切り取ったような、なんとも不思議な形をしている。美しい縞模様の木目《もくめ》に見入っていたところで瑛士がちょうど戻って来た。

「これは？」

ものを持たない主義の彼が所有するからにはなにか意味があるのだろう。なにげなく問うと、瑛士は右手でひょいと木片を摘《つ》まみ上げた。

「これはブロックといって、ヴァイオリンを製作する時に一番はじめに造るパーツです」

「……ヴァイオリン？」

予想だにしない言葉に思わずオウム返しになる。その単語を口にするだけでも心は不安にチリチリと痛んだ。

父親の計略がきっかけでヴァイオリンから遠ざかってもう何年になるだろう。立場上、その音色を聴かない日はなかったが、それでも真正面から向き合うにはいまだ勇気が必要だった。

ヴァイオリンを愛していた。自分を表現するための楽器だった。幼い頃の自分にとって、外界と自分を繋ぐための唯一無二のものだったと言っても過言ではない。弓が弦を擦るたび、鎖骨から全身に伝わる振動にどれほど心を震わせたかわからなかった。

そのヴァイオリンを造る時に、最初に用意するのがこのブロックだという。瑛士の長い指が木片を玩《もてあそ》ぶのを手品を見るように眺め遣った。

「こんなどうということのないただの木片も、楽器にとっては大切な柱のような存在なんですよ」

「どうして、そんなものがここに……？」

「私のお守り代わりなんです。初心を忘れないようにと」

「え？」

「昔から楽器造りに興味がありまして」

そういえば彼は昔、弦楽調整部にいたと聞いたことがある。父親の話では楽器に詳しいということだったが、てっきり演奏方法やメンテナンスに関する一般的な知識が豊富なのだと思っていた。

なぜなら、ＨＩＢＩＫＩの社員は基本的に納品された楽器を売るのが仕事で、工房の人間でもない限り一からヴァイオリンを造る機会はない。外国に買いつけに行くならまだしも、そんな知識を身につけたところで発揮する場もないのにと首を傾げていると、瑛士はあっさり「製作者になるのが夢だったんです」と答えた。

「マイスターにか」

「昔の話ですけどね」

意外だった。彼のように表舞台の似合う男が、裏方仕事である楽器職人になりたかったというのがなんとも不思議な感じがする。

そう言うと瑛士は軽く肩を竦め、苦笑した。

「単純におもしろかったんですよ。一挺《いっちょう》で艶もボリュームも必要になるソリスト向けと、周りと調和することが大前提のオーケストラ向けではヴァイオリンの造り方がまるで違う。修理も同じことです。そういうひとつひとつを知るたびに惹きこまれた……」

なにか大切なことを思い出しているのか、眼鏡の奥の目はいつになくおだやかだ。人間らしいと言ったらおかしいだろうか。けれど玲にはそれぐらい、瑛士の変化は鮮やかに映った。

「随分思い入れがあったんだな」

「ええ」

「それなのに、どうして造る側にならなかったんだ」

「……」

不意に瑛士が黙りこむ。

「氷堂？」

なにげなく名を呼んだ後で、顔を覗きこんではっとした。瑛士は自分に気を許してしまったことを悔いるように唇を結び、顔をこわばらせていたからだ。

「氷堂……」

なにかまずいことを言っただろうか。急な態度の変化に戸惑ってしまう。自分では、いつになく言葉数の多い瑛士にただ相槌を打っていたつもりだった。

そうこうする間にも瑛士の眉間には深い皺が刻まれてゆく。先刻までのおだやかさなど微塵もない。けれど、漆黒の双眸は小刻みに揺れ、迷いのようなものが浮かんでいるのが見て取れた。

――あ……。

清濁併《せいだくあわ》せ呑まんとする顔を見ているうちに、またも記憶の蓋がゴトリと動く。

思い出しそうで思い出せない、この妙な感じはなんなのだろう。鋭い爪がカリカリと自分の内側を引っ掻いているような、なんとも言えない居心地の悪さに玲は思わず顔を顰めた。

ふたりの間に沈黙が流れる。それを先に破ったのは瑛士だった。

「父が亡くなったんです」

一家の大黒柱をなくし、企業に就職する道を選ばざるを得なかったと続ける声はひどく他人行儀だ。冷たいわけではなかったが、感情らしいものも見えず、それが逆にいたたまれない気持ちにさせた。

「その……すまない」

「いいえ。遺志は継いでいるつもりですから。……約束したんです」

まっすぐに向けられた眼差しは強く、今は亡き父親との約束は揺るぎないものなのだと告げている。

ふと、先代が倒れた時のことを思い出し、玲はそっと目を細めた。

「おまえは、すごいな」

瑛士が驚きに息を呑む。何度も瞬きをくり返すのを見上げながら、彼が乗り越えて来ただろうものを自分に重ねた。

「今だから言うが……父親が倒れた時、すごく動揺した。近寄りがたいとさえ思っていた人なのに、いなくなることが恐くなった。だからおまえの気持ちはよくわかるよ。……いや、今の俺より若い時に見送ったんだ。もっと大変だったよな」

「玲さん……」

ため息とともに名を呼ばれる。眼鏡の奥の双眸がゆっくりと細められるのを、映画のワンシーンのように見守った。

不思議な男だ。急に世話を焼き出したり、饒舌《じょうぜつ》になったり、そうかと思うと険しい顔をしてみせる。

それでも今の表情は、これまでのどれとも違ってひどく人間臭く思えた。

傲慢で、狡猾で、やさしくて、どこか脆《もろ》い。

人の弱さを晒してなお毅然と立つ今の彼なら、心の揺らぎを音に乗せるヴァイオリンがよく似合う。

思いを馳せる玲に応えるように、瑛士はブロックを置いて向き直った。

「ヴァイオリンに、興味はありますか」

「……え？」

個人的なことを訊ねられるのははじめてで、一瞬意図がわからず面食らう。それでも裏があるようには思えず、玲は思い切って頷いた。

「昔、弾いてた」

「そうなんですか。今は？」

今度は玲が言葉を濁《にご》す番だった。

先代を崇拝している瑛士に、父親のせいでやめたとは言いにくい。それに、あのことを話せば自分がどれだけ楽器に依存していたか、心の支えをなくした後でどれだけの反動と戦ったかを赤裸々《せきらら》に打ち明けなければならない。演奏会どころか、本当は弦楽器フロアに行くだけでも辛い時期があったなどと言えば、楽器メーカーの社長たるものそんなことではと諫められてしまいそうだ。

この雰囲気を壊したくなくて、「受験もあってやめたんだ」と曖昧に言葉を濁す。

瑛士はそれ以上は踏みこんで来ようとはせず、一度ソファを立っていつもの手帳を取って来ると、先ほどより少しだけ距離を詰めて隣に座った。

「人に見せるのははじめてです」

そう言いながら手帳に挟んであった写真を取り出す。全体的に色褪《いろあ》せていて、一目で古いものだとわかった。

「これ……」

覗きこんだ玲は目を瞠る。ヴァイオリンの製作工程を写したスナップショットだ。ただの木の板から形が削り出されるところなど、はじめて見るだけに興奮を抑えられなかった。

「これは表板用の松材を調整しているところです。こちらは裏板ですね。側板やネックも含め、主にクロアチア産の楓《かえで》を使います。一挺の楽器でも場所によって使用する材木が違うんですよ」

ひとつひとつていねいに説明してくれるのを聞きながら、実は彼はなめらかないい声をしているのだと知る。駄目出しをしたり、陵辱する時とはまるで別人のようだ。それがなんだかくすぐったくて、玲は写真に見入っているふりをしながら考え続けた。

常に写真を持ち歩いていたくらいだ、瑛士は今でも楽器造りに思い入れがあるに違いない。彼が職人になっていたらどんなヴァイオリンを造っただろう。どんな音がしただろう。無意識のうちに弾いてみたいと思ってしまい、そんな自分に苦笑した。

彼も自分も望んだ道を諦めたもの同士なのに――ともに外的要因によって、と心の中で独白した玲は、ふと一枚の写真を見つめながら黙りこんでいる瑛士に気づいた。

見れば、ヴァイオリンを持った男性がひとり写っている。四十代半ばと思《おぼ》しきその人はおだやかな表情でまっすぐにカメラを見ていた。

「……父です」

今は亡き肉親に思いを馳せているのか、その声は少しだけ震えている。

「あなたと、この写真を見る日が来るなんて」

小さな独白。

「あなたと、こうしている日が来るなんて」

私はすべてを裏切ってしまう――。

「……氷堂？」

噛み締めるような呟きに吸い寄せられるまま視線が重なる。切羽詰まった眼差しが気になり言葉の意味を問おうとしたが、先に話を切り上げられてもやもやだけが胸に残った。

そんな玲を見ているうちに平静を取り戻したのだろう。瑛士は精巧な仮面をつけるようにいつもの顔に戻って口を開いた。

「おもしろい話をしましょうか。……あなたは覚えていないでしょうが、私たちは会長室で引き合わされた時が初対面ではないんですよ」

「え？」

唐突な切り替えもさることながら、内容にもどうにも引っかかった。

「教育係の仕事は、私から会長に嘆願したんです。あなたの傍にいるためにね」

「そう、なのか……？」

ますます訳がわからなくなり、二の句が継げないまま瑛士を見つめる。

彼が言ったのが本当のことだとして、どうして急にそんなことを言い出したのだろう。そしてなぜ、そこまでして自分に拘るのだろうか。

長年第一秘書を務めた会長の一人息子だったから、という理由が一番はじめに頭に浮かんだ。今時珍しいと先代に言わしめるほど職務に忠実な男ならば、一生ＨＩＢＩＫＩのために尽力するという線もないわけではない。

けれど、瑛士はもともとは楽器職人になりたかった人間だ。就職先として楽器メーカーを選んだだけで、果たしてそこまで身を粉《こ》にして務められるものだろうか。

大体、自分に尽くしたところで先代の心証が多少よくなる程度で、大きなメリットにはなりにくい。権力に阿るくらいなら切れ者の瑛士のことだ、自分の力ひとつでのし上がる方がよほど早いし、確実だろう。

なぜ、彼は――。

あらゆる可能性を引っぱり出しては打ち消し、もうお手上げだと投げ出そうとした矢先、先ほどの言葉が脳裏を過ぎった。

――会長室で引き合わされた時が初対面ではないんですよ。

胸の奥がざわっとなった。押しこめていたものを無理やり引きずり出されるような恐ろしさに玲は身震いする。

不意に、頭の奥でゴトリと蓋が動く音がした。これ以上考えてはいけない。見ようとしてはいけないと第六感が警鐘を鳴らす。奥歯を噛み締め、息を詰めながら瑛士を見上げた。

端整な面差しに、意志の強さを表す強い眼差し。立派な体軀《たいく》も、堂々とした態度も、欠点などどこにもないのではと思わしめる姿だ。けれど同時に、それは彼の外殻《がいかく》でしかないのだと自分は少しずつ気づきはじめている。

以前から知っていたという相手にあんな交換条件を出すような男だ。

若くして社長になった自分を疎《うと》んだり、単に痛めつけてやろうというならまだしも、仕事のやり方を教えるという餌で玲の外堀を埋めるという、実に回りくどいことをして陵辱の限りを尽くす瑛士の目的がわからない。理性と快楽の狭間で悶えるたびに彼という存在で頭も身体もどろどろになってしまうのに、それを昔の顔と見比べられているのかと思うと堪らなかった。

チクチクと痛む胸を服の上から押さえつつ、落ち着けと自分に言い聞かせる。瑛士の視線を全身に感じながら玲はそれでも考え続けた。

その昔、等価交換と彼は言った。人はなにかの犠牲なしになにも得ることはできないと。

実際うまくいっているように見えた。瑛士に助けてもらうことで自分の業務は驚くほど効率的に回り続けている。逆に言えば、この身体を手に入れるための代償として、瑛士は費やした時間を犠牲にしていたのだと思っていた。

けれど、それはどうやら違うらしい。自ら志願して教育係になった男だ。交換条件は自分を巻きこむための言葉のあやで、本当はもっと別の目的があったのだろうと推測できた。

彼は一体なにを捨てたのだろう。

そしてそれは、自分を征服するに値する価値のあるものだったのか。

「おまえは、なにを企《たくら》んでる……？　なにを考えてるんだ」

ごくりと喉が鳴った。

本質を探ろうとする玲を、瑛士がまっすぐに見下ろす。

「知りたいですか」

訊ねたにも拘わらず、聞き返されて狼狽えた。

「私がなにを考えているか、知ったらあなたは驚くでしょうね。生きる意味そのものが揺らいでいるとさえ感じていますよ」

「どういうことだ」

瑛士が痛みを堪えるように目を眇める。

「……あなたになんて、出会わなければよかったのに」

突きつけられた言葉に愕然とした。

憎み合うところからはじまった関係だ、そう思っても不思議ではない。はじめて辱めを受けた時も、秘書の前で組み敷かれた時も、自分は頭の芯が灼き切れそうなほどの深い憎悪を抱いたはずだ。

それなのに、こうして言葉にされると胸の奥が重たくなるのはなぜだろう。少しずつ変容してゆく関係も、その過程も、すべてを否定されたような気がして裏切られたとさえ思った。

言葉もない玲を前に、瑛士がふっと自嘲する。

「私の前でそんな顔をしていいんですか。つけ上がらせるだけですよ」

「氷堂」

「お得意のポーカーフェイスはどこに行ったんです。それとも、私をよろこばせようとしてくれているんですか」

「おまえ、なに言って……」

痛いくらい見つめて来る漆黒の双眸が徐々に熱を帯びるのがわかった。視線を逸らそうと思ってもそれさえもできない。まるで縫い留められてしまったかのように玲は瑛士を見上げ続けた。

「あなたをそんなふうに変えたのは私だと思ってもいいんですか。あなたという存在のために生きることを、これから先も選んでいいと」

出会わなければよかったと語る口で、これからも傍にいたいと口説く男。言っていることは支離《しり》滅裂《めつれつ》なのに、どうしてだろう、邪険にすることができなかった。

きっと瑛士の目が揺れていたからだ。熱に浮かされ、不安に怯え、困惑する様はこれまで見たこともない。冷酷な男が見せたわずかな隙に自分までもが崩されてしまう。

「どうして俺なんだ」

とうとう言葉が口を突いて出た。

「どうして、そんなに俺にふり回される」

言いながら、心臓がドクドクと早鐘を打ちはじめる。答えを期待しているようで浅ましいと自分に言い聞かせてみても、そんな自戒は緊張の前に瞬く間に霧散《むさん》した。

瑛士は挑むような目をして一瞬口を開きかけたが、思うところがあったのか、出かかった言葉を再び呑みこむ。これまで何事にも即答してきた彼が自分のことでまごつくのかと思うとますます答えを知りたくなった。

「氷堂」

名を呼ぶと、瑛士は即座に伏せていた顔を上げる。双眸の奥には某《なにがし》かの熱が蜷局《とぐろ》を巻いているのが見えた。その途端、訳もわからぬほど煽られた時のことが蘇る。自分の中にも知らず熾火《おきび》が灯ったのだろう、こちらを見る瑛士の目が蜜のようにとろりと濡れた。

「玲さん」

チェロを思わせる艶のある声。腕を引かれ、胸の中に抱きこまれてもふわふわとした心地のまま心音だけが高鳴り続ける。髪にやわらかななにかが触れた気がして、それが瑛士の唇だと気づいた瞬間、心臓が一際大きくドクンと鳴った。

「あ……」

どうしてだろう、息をするのもままならない。瑛士に背を撫でられて緊張は一層高まってしまう。何度も身体を重ねてきたのに、今さら身構えるなんておかしな話だ。頭ではそうわかっていても気持ちは逆行するようにどんどん鼓動を速めてしまう。このままおかしくなってしまうのではないかとさえ思った。

「……玲さん」

もう一度髪に唇が落とされ、びくりと肩を竦ませたのを合図に瑛士の手が頬に伸びる。感触を確かめるように肌の上を滑り降りた指先は、ゆっくりと顎を持ち上げ玲を上向かせた。

真剣な顔に思わず息を呑む。自分の反応を試すのでも、ましてやからかっているのでもない。はじめて瑛士が本気で自分に向き合っているのだと感じた瞬間、身体の奥から熱いものがこみ上げた。

ゆっくりと唇が重なる。触れ合ったところから熱が生まれ、同時に欲が芽生えた。

「ん、ふ……っ」

下唇をなぞられただけでぞくりとした愉悦に腰骨が疼く。もっと深く感じたくて自ら相手の舌を貪りはじめた玲に瑛士は少し驚いたようだったが、ふたりはすぐに互いを煽ることに夢中になった。

これまで奪われるようなキスしかしたことがなかった。本能のままに交わすくちづけがこんなに気持ちいいことも、心臓は鳴り過ぎると痛いということもはじめて知った。……知ってしまった。

「ん……」

瑛士の長い指が後ろ髪を梳いてゆく。心地よさに仰向いたところを上から覆い被さるように深くくちづけられ、玲はますます陶然となった。

止まらない。止められない。この先に答えがあるような気がしてもっともっとと思ってしまう。

口端から伝った唾液を舐め上げ、瑛士は熱っぽい目で訴えた。

「あなたを喰らってしまえたらいいのに」

「氷堂……」

「あなたの全部を私の中に取りこんでしまいたい。罪も痛みも、全部背負って歩けるように」

狂気的な言葉にすら胸の奥が熱くなる。

再び唇を塞がれながら、玲は確かに昂る己を感じていた。


あの日以来、自然と瑛士のことを考える時間が増えた。

――あなたを喰らってしまえたらいいのに。

キスの合間に囁くには物騒《ぶっそう》な言葉だ。けれどそれが本音であろうことも察しがついた。

どうして彼はそんなにも強く自分に執着するのだろう。結局答えを聞くことはできなかったけれど、
それでも瑛士の眼差しから、態度から、さりげないフォローから読み取ろうとしている自分がいる。

それは一緒にいる時のみならず、こうしてひとり出張先のホテルにいても変わらなかった。

明日、会長代理として講演を頼まれている。開催場所が遠方ということもあり、夕方に仕事を切り

上げ最終便の飛行機で現地に入った。

ひとりの出張なんて久しぶりだ。

いつもは必ず同行する敏腕秘書も、今回ばかりは立てこんだ仕事に追われて泣く泣く留守番に徹している。ちょうどひとりで考える時間が欲しいと思っていたところだ。秀吾には悪いが、ゆっくり羽を伸ばせるだろう。

クローゼットにスーツをかけ、荷解きもそこそこに熱いシャワーを浴びる。肌を打つ湯の粒が一日の疲れを癒《い》やしてゆくようだ。週も後半に差しかかり、少し疲れが溜まっている。今夜はマッサージでもして早めに寝た方がいいかもしれない。

備えつけのバスローブを羽織って部屋に戻ると、タイミングよく携帯が鳴りはじめた。

画面に表示された瑛士の名前に一瞬ドキッとする。ほんの数時間前まで話していた相手に、今さら緊張するわけでもあるまいに。

思い切って通話ボタンを押すと、少しほっとしたような声がスピーカーを通して聞こえて来た。

『遅くにすみません。今、少し話しても？』

「あぁ」

明日の講演会で使う原稿のことでつけ加えておきたいことがあるという。

けれど聞いてみればそうたいした話ではなく、数行程度のメールを入れておいてくれれば充分事足りる内容だった。少なくとも、とっくに家に帰っているであろうこの時間にわざわざ電話して来るほどのことではない。

そう言うと、電話の向こうで瑛士が気配をやわらげるのがわかった。

『今頃、緊張しているんじゃないかと思いまして』

「は?」

確かに、明日は大勢の前で話さなければならない。緊張しないと言ったら嘘になる。それでも名代を務めはじめて以来、回数を重ねたことでだいぶ慣れて来たところだ。

もちろん、それだけではない。

「あれだけ練習させたのはどこの誰だと思ってるんだ」

『ようやくギクシャクしなくなりましたね』

教育係の名の下に講演内容から挨拶、立ち居振る舞いに至るまですべて瑛士に仕込まれた。その上で明日の本番に臨《のぞ》もうというのだ。

「今さら心配することなんてなにもない」

『そうですか。それはよかった』

瑛士が小さく笑った。機械越しの声はいつもより低く、こんなふうに含み笑うと耳元で囁かれているようで妙にドキッとする。

息を詰めたのが聞こえたのだろうか、瑛士はさらに艶めいた声で鼓膜《こまく》をくすぐった。

『ところで、今はなにを? もう寝るところでしたか?』

「いや。シャワーを浴びて来たばかりだ」

『なにも着ていないわけではないですよね？』

「残念だったな。バスローブぐらい羽織ってる」

なにげなく話していたつもりが、電話の向こうの『ふうん？』という愉しそうな声にぞくりとする。

余計なことを教えたかもしれないと気づいた時には後の祭りだった。

『どんなバスローブです？　見えないので教えてください』

「どんなって……普通の白いやつだ」

『下着は着けていませんね？』

「……それを聞いてどうする気だ」

『教えないつもりならそれでもいいですよ。確かめさせてもらうだけですから』

くすりと笑う声が聞こえる。

『紐を外していただけますか。私を誘うようにうまくやってください』

「だ、誰がっ。冗談じゃない。なんでそんなこと……っ」

『明日のためにアドバイスしてあげたでしょう？』

「おまえ、このために電話して来たのかよ」

『さぁ、早く。私も同じように前を開けますから、いいですね』

まったくなんという言い草だ、自分勝手にもほどがある。そんな無茶な要求など一蹴《いっしゅう》してしまえばいいとわかっているのに、同じ格好をした瑛士の姿を想像して不覚にも胸が鳴った。

『ほら、玲さん』

「……」

耳元でじわじわと唆され、恐る恐るバスローブの紐に手をかける。すると、まるで見ていたようなタイミングで『そう』と背中を押された。

『早く前を寛《くつろ》げて……私に見せてください。あなたのいやらしい顔も一緒に』

「……っ」

囁く声はほの昏く、ひどく淫靡だ。それだけで身体の奥でじくじくとした熱が疼きはじめるのがわかった。どうしてこの男の言いなりになってしまうんだと自分を責めても答えなど見つからない。顔が見えない分ためらいは軽減され、それが一層玲の理性を危うくさせた。

操られるようにそろそろと紐を外す。まだ湿っている叢《くさむら》を押し上げ、わずかに芯を持ちはじめた己がスタンドのやわらかな光に照らし出されているのが見えた。

「……っ」

慌てて前を掻き合わせようとした玲の耳に、不意にくぐもった声が届く。瑛士が自身を弄っているのかもしれない。それを想像するだけで頭の芯が痺れてしまい、緊張と昂奮で動けなくなった。

彼はどんなふうに前を寛げているのだろう。どんなふうに自身に触れているのだろう。節くれ立った大きな手を思い出した途端、急速に下肢に血が集まるのを感じた。

なんなんだよ、これ……。

思わぬ事態に玲はベッドに俯せる。熱よ鎮《しず》まれと心の中で何度もくり返すものの、瑛士の息遣いを聞くだけで身体は勝手に火照っていった。

『玲さん』

「……ぁ、っ」

『恥ずかしがっているんですか。それこそ今さらでしょう？　あなたの身体で、私が触れていないところなんてどこにもないのに』

「……っ」

疼きに耐えられなくなり、とうとう仰向けに寝転がる。ベッドとの間に窮屈に押しこめられていた膨らみが自由をよろこぶようにぶるっと震えた。触れてもいないうちから兆《きざ》してしまった自身に一層羞恥を煽られる。瑛士の声は麻薬のように身体を巡り、雄を刺激し続けた。

『教えてください。今、あなたがどうなっているのか』

「……冗、談」

見えないことも忘れて玲は必死に首をふる。

けれどそんなことなどお構いなしに瑛士は容赦なく追い上げた。

『みっともないところを見られると昂奮するでしょう？　私になにもかも晒して、もっと気持ちよくなってしまえばいい』

あぁ、本当にこれは毒だ。甘い毒だ。内側から自分を蝕み蕩《とろ》かしてしまう。

『ベッドに横になって……バスローブははだけましたか？　そうしたら両膝を立てて、左右に開いて……私に見えるようにもっと開いて』

指示のとおりにするだけでも感じてしまう。自分はいつからこんなに淫乱になったのか。漠然とした不安と同時に、突き上げるもどかしさを同時に感じた。

『よく見えますよ。あなたの恥ずかしいところが丸見えだ。今すぐ扱《しご》いてあげましょうか。それとも舐め回して欲しい？　あぁ、あなたは見られるだけで達けるんでしたっけ』

「そんな……っ」

太股の内側に息遣いを感じた気がして頭がおかしくなりそうだ。

『ふふ。いやらしい人ですね。見られて感じたんですか？　もうこんなにして……』

論《あげつら》われて一層止まらなくなる。そんな自分が恐くて何度も首をふると、シーツに髪が散る音が聞こえたのか、瑛士はそれを突っぱねた。

『あなたがどんなに淫らに乱れても、浅ましくよがり狂っても、そんなことぐらいで世界が終わったりしません。むしろ、私を引きつけて離れられなくするんです……こんなふうにね』

「え……？」

どういう意味だと聞こうとした時だ。

『……ふ、っ』

不意に漏れた、瑛士の艶めかしい声にぞくっとなる。快感を得ているであろう彼の長大なものが、今まさに自分の中に入って来るような錯覚に囚われた。

『わかりますか。今、あなたを犯しているんですよ』

「あ、ぁ……」

もう駄目だった。

玲は自らに手を伸ばし、かたく勃起した雄を扱き上げる。脳天に突き抜けるほどの凄《すさ》まじい快感に襲われ、全身が歓喜に震えた。

「……ん、……ぅっ」

自分で自分が信じられない。こんなことをしてしまうなんて。こんなふうに許してしまうなんて。それでも瑛士によって造り替えられてしまった身体はいともたやすく彼の熱を思い出した。

その吐息を聞いただけでますます気持ちが昂ってゆく。もう目を開けていることもできず、きつく瞼を閉じたまま手の中の快楽だけを一心に追い続けた。

後孔は雄をねだって淫らに収縮をくり返している。見えない雄蘂を呑みこもうというのか、内胴は奥へ奥へと波打つようにわなないた。自身を慰める右手は先走りの蜜に濡れ、ぬちゅっ、ぐちゅっといやらしい水音を立てる。急速に駆け上がって来る覚えのある感覚にガクガクと腰を突き出すしかなかった。

奥が熱い。中がうねる。白い高みへと連れて行かれる。もはや取り繕う余裕もない。極みに飛ぶこ

としか考えられない。

「は、……も、達く……」

『まだ駄目ですよ。もう少し我慢して』

「無理……もう……」

『奥に出して欲しいでしょう？　中を一杯にしてあげますから』

熱い放埒が注がれる感覚を思い出し、玲自身がさらに跳ねる。

「氷堂、……ぁ、……早、く」

『早く欲しい？　そんなに私のを呑みたいんですね』

違う。でも違わない。わからない。なにもわからない。

「あ、あ、……氷堂、……ぁ、達く、達…く、……っ」

何度も首をふり立てながら根元を押さえる。いいと言われればすぐにでも気をやってしまいそうだ。

電話の向こうからも切羽詰まった息遣いが聞こえて来た。

『……っ、そろそろ出しますよ。全部零さずに呑んでくださいね』

「あ、……あぁ……っ」

手を離した途端、びゅくっと勢いよく飛沫《ひまつ》が噴き上がる。それまで散々焦らされたせいか、白濁は胸の上まで点々と散った。それと同時に、最奥がじわりと熱くなる感覚に襲われる。そこにあるはずのない瑛士の太く逞《たくま》しい雄蘂を思い、大きく蠕動《ぜんどう》する内壁に己の欲の深さを思い知らされた。

『玲さん』

いつになくやさしい声で名を呼ばれ、整わない息の中辛うじて返事をする。それがあまりに弱々しかったせいか、瑛士は先ほどまでの強引さを感じさせない声で小さく笑った。

『気持ちよかったですか』

「……え……？」

彼が自分を気遣うなどはじめてのことだ。いつも好き勝手弄ぶだけだったくせに。

悔し紛れにそう言ってやると、瑛士は少し沈黙してから思いがけないことを口にした。

『あなたは、私自身ですから』

「……え？」

『あなたという存在のために生き、あなたを知ることによってその意味さえ変えられてゆく。たとえどうなろうとあなたの側近でいることが私に与えられた運命なんだ。私は、一生あなたに支配される人間なんです』

瑛士のマンションに泊まった時も似たようなことを言っていた。けれどその時とは比べものにならないほど言葉は狂的な熱を孕んでいる。熱波に当てられたようにぐらぐらと眩暈がした。

「それ、どういう……」

聞き返そうにも、激しい吐精の後の気怠《けだる》さが玲にそれを許さない。ひどく瞼が重く、このまま眠ってしまいそうになった。身体を拭かなければ、パジャマに着替えて布団に入らなければと思うのに、とろとろとした眠りに負けそうになる。

　意識が途切れる寸前。

『唯一無二だと言っているんですよ』

　その言葉を理解するまで数秒を要した。

　一生、あなただけです――そう言われたのと等しいのだと気づいた瞬間、熱に呑まれたように息ができなくなる。それではまるで……その先を言葉にすることさえためらわれ、なにも返せないまま玲は電話に耳を押し当てるしかなかった。

『……少し、喋り過ぎました』

　小さな苦笑が現実へと引き戻す。もっと繋がっていたいという無意識の願望をするりとかわし、瑛士は『そろそろ寝ましょう』と促した。

『今夜はぐっすり眠って、明日はつまらないミスをしないように』

　最後は教育係らしく戒められる。

　電話が終わった後もしばらくはなにも手につきそうになかった。後始末をしながら何度も携帯を見つめてしまう。

「これじゃ余計、なんかやらかしそうだ……」

　照れ臭さをごまかすように頭から布団を被る。

　ふわふわとした心地のまま、玲はすぐに深い眠りに誘われて行った。

＊

「では、確かに」

社長印を押したばかりの書類を瑛士がトントンと机上で揃える。新しい大手取引先との契約書だ。宅配便で送ってもよかったのだが、先方に出向く用事があるというので遣いを任せた。

彼はついでに内容証明郵便の用紙を買うのに文房具店に寄ったり、公証人役場にも行く用事があるのだという。通常の業務とはあまり関係のない、どちらかというと法務部門にいた頃に自分がしていたのと同じようなことをしようとしているらしいのが気にかかり、玲は嫌な予感に眉を顰めた。

「危ない橋でも渡ろうとしてるんじゃないだろうな」

まるで裁判沙汰を前提として動いているように見える。

「俺には普通の契約だと思うんだが」

畳みこむ玲に、瑛士は肩を竦めながら首をふった。

「すみません、実は私用なんです。本来は有休を取って行くべきでしょうが、そうも言っていられないので見逃していただけませんか」

「私用？」

「大家とちょっと揉めましてね……。マンションの鍵を返すだけでこの騒ぎですよ。近いうちに引っ越すと言ったことがあったでしょう？」

そういえばそんな気がする。目がわずかに泳いでいたのが気にかかったものの、勤務時間中に私用を済ませる後ろめたさのせいだと思い直した。

店や役場が開いている時間に帰れるような仕事ではないだけに、それらに寄ることぐらい玲としても目くじらを立てるつもりはない。むしろ彼が有休を取って不在になる方が困るくらいだ。気にしないよう言ってやると、瑛士は「助かります」と頭を下げた。

ジュラルミンケースに書類をしまい、時間を確かめてから立ち上がる。無駄のない動きは洗練されていて美しく、同じ男の目から見ても惚れ惚れとせずにはいられなかった。落ち着いたグレーの三つ揃いのスーツを厭味なく着こなし、堂々と立つ姿はどこにいても人目を引く。彼の人となりを知ったせいか、最近では美点ばかりが目に入るようになった。

家にも食事にもさして興味を持たない男だけれど、こうして立つと完璧に見える。なによりその熱っぽい眼差しが玲の心を疼かせた。

はじめて会った頃は、なにを考えているのかわからない冷淡な男だと思っていた。けれど今は一見同じに見える表情の中に喜怒哀楽を読めるようになりつつある。今日はとりわけ力強い、まるで口に出せないなにかを訴えかけるような眼光に、玲は知らず引きこまれた。

そんなものを見せておいて、それでも手の内を明かそうとしない瑛士を焦れったく思う。自分には言えないことか、それとも機会を窺っているのか――たとえば、あの電話で聞いた言葉のように。

頬が熱くなるのが自分でもわかった。あれは本心なのかと問いたい気持ちと、違うと言われた時の恐怖とが入り交じる。万が一勇気を出して訊ねたとしても、答えを求められたら自分はどう返せばいいのかまるで想像がつかなかった。

こんな時、こうしたことに疎い己が苛立たしい。身を屈めた瑛士にキスされるのかととっさに目を瞑ったものの、いつまで経っても唇が触れることはなかった。

「期待しましたか」

耳元で囁かれ、今度こそ耳まで熱くなる。

それを見た瑛士は困ったように苦笑を浮かべた。

「そんな無防備な顔をして……。決心を鈍らせないでください」

「え？」

「ここが会社だということを忘れてしまいそうになります。それでも、あなたさえよければ私は構いませんが」

「ば、…っ」

これまでも散々組み敷かれてきたとはいえ、こんな日の高いうちから抱き合うなど社員に見つけてくれと言っているようなものだ。そんなことにでもなったらふたり揃って謹慎処分、最悪は懲戒《ちょうかい》免職だってあるかもしれない。

「路頭に迷うつもりか」

けれど瑛士はなんでもないことのように肩を竦めた。

「それであなたが手に入るなら」

「……ッ」

今度こそ、二の句が継げなくなる。

固まったままの玲に風のようなキスを残すと、瑛士はふり返ることなく足早に社長室を出て行った。


無事に書類を届け終わったと瑛士から連絡があってすぐ、今度は秀吾がやって来た。

その顔を見るなり、玲は驚きに目を疑う。

「どうしたんだ。なにかあったのか」

目の前にいるのは確かに秀吾なのだけれど、いつもの明るさはなりを潜め、かたくこわばった頰が一大事であることを報せていた。

「落ち着いて、これを見てくれ」

余裕がないのか秀吾は問いかけには答えず、持って来た封筒を玲に差し出す。

「これは……?」

「興信所の調査結果だ」

思わず耳を疑った。こんなものを持って来るなんてどう考えてもおだやかではない。

「氷堂といい、おまえといい、一体どうしたんだ」

そう言った瞬間、秀吾の目の色が変わった。

「その氷堂の、だ」

「氷堂の？」

驚いて封筒の中を検《あらた》める。確かにそれは瑛士に関する身辺調査の結果報告だった。

そういえば以前、秀吾は「いっそ興信所に頼んでみるか」と言っていたことがある。あの時自分はやめておくよう言ったはずだ。それなのにどうして、こんなものが……。

「俺の独断でやった」

訝る玲に、秀吾はきっぱりと告げた。

「契約だかなんだか知らないが、情緒不安定になったと思ったら今度はあの男のことばかり目で追ってる。おまえ、どんだけ危なっかしい顔してるか自分でわかってるか。いい加減に目を覚ませ」

「そんな、こと……」

「ないって言えるか」

「中里」

「それを読んでも、まだ大丈夫だって俺に言えるか」

報告書を睨めつける顔は恐いくらいに真剣で、玲は思わず言葉を呑んだ。これを見たら嫌でも瑛士の見方が変わると言っているのだ。よほどのことが書いてあるのかと思うと書類を持つ手がわずかに震えた。

瑛士に一体どんな秘密があるというのか。

彼のことなら仕事の仕方も生活習慣も、果ては性感帯さえ熟知している。けれどそんな生々しさとは裏腹に、玲は瑛士の内側に触れたことは一度もなかった。時折見せる苦しそうな眼差しや、懺悔《ざんげ》とも取れる言葉の意味をいまだに探し続けている。強い執着を見せる一方で突き放すようなことを言ったり、かと思えば独占欲を見せつける男の本質を暴いてみたいと思った。

この紙をめくればそれがわかる。調査報告書と印字された表紙を見つめながら、無意識のうちに喉が鳴った。

こんな、裏側から覗くようなやり方をしてもいいのだろうかと罪悪感にも似た感情が迫り上がる。見てはいけないもののような気がしてためらう玲に、秀吾は深く頷いた。

「自分の目で確かめてくれ」

ここまできた以上、決着をつける手段はそれしかないのだと悟る。玲は気持ちを落ち着かせるように一度大きく深呼吸すると、思い切って書類をめくった。

だが、いくらも読まないうちに手が止まる。

「……嘘だろ……？」

縋る思いで秀吾を見上げる。

けれど有能な秘書はかたい表情で首をふった。

「残念ながら、事実だよ」

秀吾はもう何度も目を通したと言い、淡々と調査結果を諳《そら》んじはじめる。

「父親の名は前田真士《まえだしんじ》。昔うちとも取引のあった、前田工房の職人だ」

ＨＩＢＩＫＩはそれまで、楽器のメンテナンスを依頼するために複数の工房と契約を結んでいた。けれどあちこちに居《きょ》を構える工房とのやりとりには当然ながら金も時間もかかる。それを打破すべく先代が一策を構じた結果、前田工房は廃業の憂き目をみたのだ。今から十七年前、玲がまだ十二歳の頃のことだ。

「うちに職人を集めただろ。取引先の中には、応じなかった工房もいくつかある」

ＨＩＢＩＫＩと取引をやめてもやって行ける工房はそれでよかった。地元の音楽教室や楽器店などと繋がっていれば大口の取引が切れてもなんとか凌《しの》いでいけただろう。

だが、前田工房は違った。取引の大半をＨＩＢＩＫＩが占めていたからだ。そんなところに引き抜きの話が来て、それでも断ったのはひとえに職人の矜持かもしれない。

「頑固な人だったんだろうな。仕事場を畳む気はないと最後まで譲らなかったそうだ」

そのせいで工房を、果ては命までも失うことになってしまった。

「氷堂は父親と死別した直後に大学入学。卒業と同時にうちに入ってる。今でこそ先代も一目置いてるが、入社当初は楽器に関して素人《しろうと》のふりをしていたそうだ。配属も本人の希望じゃないらしい」

それでも運命の巡り合わせか、瑛士は弦楽調整部に割りふられた。ヴァイオリンを見るたび辛くはなかったか、苦しくはなかったか。無意識のうちに自分の過去を重ね合わせて玲は痛む胸をそっと押さえた。

彼が楽器に詳しい理由がようやくわかった。職人になりたいと言っていた訳も。来る日も来る日も真摯《しんし》にヴァイオリンに向き合う職人の背中を見て育ったのだろう。古ぼけた父親の写真を見ながらたくさんの話をしてくれたことが鮮やかに脳裏に蘇った。

瑛士が持っていた小さなブロック、もしかしたらあれは親の形見だったのかもしれない。そう思うとますます堪らない気持ちになった。

「先代は……どう思っているんだろう」

取引先の息子というならなんらかの配慮があるだろう。それとも、右腕として召し抱えることで罪滅ぼしをしたつもりでいたのだろうか。

けれど秀吾は力なく首をふるだけだった。

「氷堂は母親姓だそうだ」

父親が亡くなってすぐ、大学受験を機に名字をあらためたという。つまり、先代でさえ彼が前田工房の関係者だとは気づいていないということだ。自らの手で小さな工房を潰した父親のすぐ傍に、その父親のせいで肉親を亡くした男が仕えていたなんて。

「なんて、こと……」

口元を押さえる玲に、秀吾は厳しい表情のまま畳みこんだ。

「その方が好都合だっただろうな。変に気を回されたり、口封じに役職に就かされたりしないで、全力で仇討《あだう》ちができる」

「え？」

「親を殺されたんだ。先代を恨んでるとしてもなんら不思議じゃない」

「中里！」

「耳を塞がずに聞け。あいつが入社した本当の目的は、ＨＩＢＩＫＩを潰すことだ」

「そんな……」

信じがたい現実に足が竦み、暗い穴に吸いこまれて行くような途方もない恐ろしさに晒される。室温が一気に五度も十度も下がった気がして、玲は鳥肌が立つ二の腕を必死に擦った。

小さな木片をお守り代わりだと言っていた瑛士。それは父親への、そして楽器への敬愛の証《あかし》だと思っていたけれど今ならわかる――彼がなぜ、初心を忘れないようにと言ったのか。あのブロックを手にした時の彼が抱えていた感情は、決して希望や憧れではなかったのだと。

出会った頃の昏い眼差しが脳裏を過ぎる。すべてわかった。わかってしまった。

彼が玲の父親に恨みを抱いていないわけがない。先代が一方的に取引を変更しなければ、応じなかった工房を追いこまなければ、瑛士の父親は死なずに済んだかもしれないのだ。

それでも、玲には気にかかることがあった。

「いくら恨みがあったとしても、会社の中にいては自分だって巻き添えになる」

「構わないんだろ」

あっさりと返され、目を見開く。

「確実に息の根を止めたいなら内側から蝕んでいくのが一番いい。そのために先代の側近になったんだろうし、おまえに近づいたんだろうな」

「そんな……狂ってる……」

呆然と呟く玲に、秀吾は労るように目を眇めた。

「ずっと機会を窺って来たんだろう。あいつは、そういう男だ」

恐らく、思いつく限り最もリスクの高い報復法だろう。何年かかるかわからない。うまくいくかもわからない。それまではＨＩＢＩＫＩの利益を出す側に回ることを覚悟の上で働かなければならない。強靭な精神力というにはあまりに桁《けた》が違い過ぎている。眩暈がした。

秀吾は玲から報告書を取り上げ、もう一度はじめからパラパラとめくる。そうしながらふと、そういえばというように顔を上げた。

「さっき、これを持って来た時におまえ、氷堂の名前を出したよな。どういう意味だ」

顔がこわばる。眼光鋭く詰め寄られるまま、しかたなしに瑛士が内容証明を準備していること、公証人役場に行ったことを打ち明けると、秀吾は顔を歪めながら「騙《だま》されたな」と嘘を見破った。

「どこの世界に大家に鍵を返すのに内容証明で送るやつがいるんだ。そんなもん、不動産屋でも仲介業者でもなんとでもなるだろ」

胸がざわざわとなる。

「なるほど。どうりでな……」

秀吾は苦い顔のまま、納得したようにため息を吐いた。

「前回自力で探った時、気になったことがあったんだ。あいつが定期的に資料室に入ってるって情報があってさ」

ＩＴ化が進んだ今、古いファイルばかりを保管してある資料室を訪れる人間は限られている。中でも監査資料を保存している第二資料室は、年に一度の大掃除にしかドアが開かないと専らの噂だ。そんなところに頻繁《ひんぱん》に出入りすればそれだけで珍しがられてもおかしくない。

「それでも、あいつが会長の右腕だったせいで誰も不思議に思わなかった。会長の指示で動いてるんだろうって」

事実、先代が任せた仕事の範囲は確実に秘書業務を超えていた。けれど瑛士はそれを易々とこなしていたし、先回りすることに長けていたため、いつしか全幅の信頼を寄せられるようになったのだという。

つまり瑛士は、社内で自由に動き回れるだけの印籠を手に入れるために先代に仕え、それが叶ってからはＨＩＢＩＫＩの綻びを探すために機密情報を漁《あさ》り続けたというわけだ。

「信じられないだろ。二十年分だぜ。会長が社長就任してからずっとだ」

「それ、本当なのか」

「間違いない。……あの男がしようとしてるのは、内部告発だ」

「……！」

秀吾は決定打を叩きこむ。

「あいつは復讐するためにここにいる。おまえに近づいたのもそのためだ。ずっとおまえを利用してたんだよ、和宮」

そんな――。

頭を殴られたような衝撃に視界が霞《かす》む。脳が理解するよりも早く身体が激しい拒否反応を示し、胃液が一気に迫り上がった。

「う、……っ」

「和宮！」

強く引き寄せられ、一も二もなく縋りつく。ぶるぶると震える身体はコントロールが利かず、自力では立っていることさえ辛いほどで、秀吾に抱えられるようにしてトイレに連れて行かれた。

かつて瑛士とふたりで入ったあの個室だ。彼の気配が残っているような気がしたら、もう我慢などできなかった。

身体を激しく痙攣させながら胃の中のものを全部吐き出す。吐いても吐いてもちっとも楽になれず、玲は泣きながら胃の中が空っぽになるまで吐き続けた。はぁ、はぁ、と荒い呼吸をくり返す口端から唾液が糸のように垂れている。けれどそれを拭う余裕さえ今はなかった。

秀吾は背中をさすり続けてくれている。彼にはみっともないところを見せてばかりだ。そう思うと本当に惨めで情けなくて堪らなかった。

レバーを引いて水を流し、手洗い所で口をゆすぐ。下を向いた途端また嘔吐《えず》いてしまいそうになり、玲は陶器のボウルに凭《よ》りかかるように身を預けた。

「少し落ち着いたか」

秀吾が濡らしたハンカチで汗を拭ってくれる。それが気持ちよくて掠れる声で礼を言うと、おだやかだったはずの彼の声に少しだけの苛立ちが混じった。

「おまえが吐くほどショック受けるとは思わなかった」

「……中里？」

「これでもうわかっただろ。あいつはずっと嘲笑《あざわら》ってたんだ。会長のことも、おまえのことも」

空っぽになった胃に辛辣な言葉が染みこんで来る。秀吾の真剣な顔が弱った身体に鞭を打った。

「すぐにでも役員会を開いて、あの男を懲戒免職にすべきだ」

「な……」

「おまえがやりたくなくても俺がやる。今すぐ役員全員のスケジュールを押さえてやる」

「待ってくれ！」

条件反射で首をふる。とっさに出た言葉に、秀吾は本気かとばかりに目を剝いた。

「どういう意味だ、和宮」

「わからない……自分でもわからないんだ。ただ、今は冷静な判断ができそうにない。今日一日だけ俺に預からせてくれないか」

秀吾は射貫くような眼差しで内面を見透かそうとする。

けれど、きっと彼にも見ることはできないだろう。自分自身、どうしてこんなことを言っているのか理解できない。本能よりももっと深いところにあるなにかが、内側から自分を動かしているとしか思えなかった。

わからないながらも頑《がん》として譲らない玲に、秀吾は信じられないと呟く。

「おまえ、自分でなに言ってるかわかってんのか。あの男を庇うつもりか。これはＨＩＢＩＫＩだけの話じゃない。おまえのためでもあるんだぞ」

秀吾の言うことはもっともだ。自分が彼の立場だったら同じことを言うだろう。

それでも、突然突きつけられた現実は受け止めるには重過ぎて、胸に深く食いこみ取り去ることもできない。心の奥のやわらかな部分は衝撃という名の熱に爛れ、蝕まれながら悲鳴を上げた。

どれくらいそうして見つめ合っていただろう。

「……おまえが頑固者なのは知ってたが、よりにもよってこんな時まで譲らないんだな」

秀吾が長いため息を吐いた。

「いいか、和宮。罪悪感なんてものにふり回されるな。現実だけを見て考えろ。それでも駄目なら俺に言え。おまえが目を背けたいことは全部俺がやってやる」

「中里……」

「俺はいつだっておまえの味方だ。それだけは忘れるな」

熱っぽい眼差しで言い置くと、秀吾はその場を後にする。

玲はふらつく足取りで社長室に戻り、大きなガラス窓の前でひとり考えに沈んだ。

――はじまりは最悪だった。

慇懃無礼な男かと思いきや容赦なく叱責を浴びせ、助けて欲しいなら交換条件を呑めと迫った。他人の肌を知らなかった玲に快楽を教え、享楽に堕《お》とし、理性も常識もなにもかもを叩き壊した。身体を重ねるごとに馴染んでゆく肌が、温度が、感情が、少しずつ自分をおかしくして行ったのかもしれない。それでも、抗い切れないなにかが瑛士にはあった。

彼が迷いを見せたからだ。毅然とした態度の中で、時折漆黒の双眸が苦しげに揺れるのを何度も見た。それさえ演技だったというなら完敗だ。見破れなかったのは、きっと自分が瑛士に気を許しはじめていたからだろう。

そう、気を許していた。憎むべき相手だったにも拘わらず。

「……っ」

互いのことを話し、互いのことを知り、少しずつ距離が縮まった気でいた。ヴァイオリンという思いがけない共通点を見出《みいだ》し、彼の人間臭い側面を知り、興味を持ちはじめていたところだった。

それも結局、自分を油断させるためだったのかもしれない。

「……裏切られたん、だな………」

精気の抜けた呟き。それを自分の耳で聞いてはじめて、ようやく理解が追いついた。

全身の血がざあっと音を立てて引いてゆく。心が掻き毟られるようにギリギリと痛む。こんなにも強い感情に揺さぶられるのははじめてのことで、目の前が真紅に染まった。

「────ッ」

ちくしょう。ちくしょう。ちくしょう。

悔しくて堪らない。苦しくて堪らない。信じかけていた自分が馬鹿みたいだ。許しかけていた自分が馬鹿みたいだ。わかっていたじゃないか、あいつが酷い男だということくらい。

陵辱の限りを尽くした男だ。懇願さえ聞き入れず土足で踏み躙るような男だ。そんなやつに良心などあるわけがないとどうして気づかなかったんだろう。どうして騙されてしまったんだろう。

自分だけだと言ったから。揺れているように見えたから。────馬鹿馬鹿しい。男同士で恋愛でもするつもりでいたか。自分を嬲り、弄んだ相手と愛を囁き合うつもりでいたのか。

「────あ……」

はっとした。

自分は今、なにを思った。なにを望んだ。なにを期待していたんだ。

ズキズキと痛む胸はごまかせない。なくならない。押し潰せない。いつの間にこんなに深く食いこんでいたんだろう。心だけは決して明け渡すまいと決めていたのに。気づいた時にはもう遅い。なんとも思っていない相手にこんなに絶望するわけがないのだ。

愚《おろ》かさに顔を両手で覆った。

他人に心を奪われるなど、愛欲に溺れるなど愚の骨頂だと思っていたのに、自らがそれに囚われてしまうと文字どおり手も足も出ない。契約と言いながら相手に溺れ、浅ましくよがる自分はさぞや滑稽だったことだろう。彼の手がどんなふうに自分に触れ、熱を高めて行くかを思い出しただけで胃の腑がぐうっと迫り上がった。

あの目。あの声。あの腕が、快楽という名の堕落に誘う。

スーツという鎧《よろい》を剝ぎ、常識というモラルを壊し、社会通念や立場や矜恃さえもねじ伏せて欲望の前に素の自分を晒け出すことを強制するのだ。誰にも見せたことのないありのままの自分。抑圧され、期待され、極度の緊張とストレスに揉まれ続けてきた自分が唯一見せる裸の姿。

この肌は熱を覚えている。

この心は熱を覚えている。

もったりとした重たいものが一点に集まりはじめている。こんな時だというのに、いや、こんな時だからこそ、瑛士のことを考えただけで身体はいともたやすく熱を上げた。

淫らな自分。愚かな自分。どんな自嘲も自虐さえも極彩色の快楽の前には雲散霧消する。そっと自身で触れただけで、じんわりとした心地よさが波紋のように広がって行った。

震える身体を支えるようにガラスに手を突き、夜の銀座の街を見下ろす。

ネオンが光ってとても綺麗だ。社長に就任した頃は、自分がこの夜を統《す》べる成功者のひとりになったような気がしてとても気分がよかったのを覚えている。けれど今はそれも虚《むな》しい。欲望の道具に成り下がり、判断ひとつできなくなってしまったのだから。

ガラスに映った自分を見つめながら玲はゆっくりとファスナーを下ろす。下着を押し上げる質量は熱を纏《まと》い、空気に晒しただけでふるりと震えた。仕事中だと自分を詰《なじ》ったところで止められやしない。身体が、それ以上に心が、瑛士にされた記憶をなぞりながら熱を追うのに夢中になった。

背徳感と戦いながらぎこちない手つきで欲望を育てる。こんなつたない慰めでさえ、瑛士を思うだけで頭の芯がどろどろに溶けてしまいそうなほど気持ちよかった。

「……、は……っ」

自分はいつからこんなに淫らになった。いつからこんなに浅ましくなった。悔しくて、情けなくて、瑛士を愛しく思うがゆえに彼が憎らしくて堪らなくなる。純粋だったはずの思慕はいつしか形を変え、ドス黒い憎悪となって玲の中を一杯にした。

育ち切った先端からは涎のように先走りが糸を引いている。絨毯を汚すことすらお構いなしに一際強く幹を扱き上げた玲の背後で、不意にドアの開く音がした。瑛士だった。

玲の痴態に驚いたような顔をしたものの、瑛士はすぐに状況を理解し、社長室に鍵をかける。ゆっくりとこちらに近づいて来る愛しくも憎くて堪らない男を、玲は肩越しに睨めつけた。

「愉しそうですね。傍で鑑賞させていただいても？」

玲は向き直り、窓に凭れるようにして勃起したものを見せつける。

「せっかくいいところに来たんだ。舐めろよ」

意地にでもならなければこんなことは絶対に言えなかっただろう。何度も身体を重ねてきた今ですら、口にした端からはしたない言葉を後悔している。

それでも瑛士は荷物を置くなり、なんのためらいもなく玲の足元に跪いた。

「いやらしい匂いがする」

まるで犬のように鼻を鳴らす。

「私が帰って来るまで我慢できなかったんですか」

「お喋りはいい。早く咥えろ」

顎を摑み、無理やり瑛士の口に自身をねじこむ。

瑛士はニヤリと口端を上げるなり、すぐさま追い上げにかかった。

じゅぷっ、じゅぷっ、と音を立てて舐めしゃぶられ、気絶してしまいそうなほど気持ちがいい。整えられた黒髪を搔き回し、握りこみ、もっと深くというように腰を押しつけながら今だけは繫がっているいることを痛いほど嚙み締めた。

瑛士は咥えたまま玲の下肢を剝き出しにし、性急に後孔を探って来る。何度も雄を受け入れ、慣らされた身体は新しい刺激を歓喜とともに迎え入れた。これまで味わったこともない感覚。瑛士に触れられ、身体を開かれてゆくのだと思うと、屈辱と等しいだけの陶酔があった。

「あ、……ぁ、あ……っ」

長い指が容赦なく前立腺を擦り上げる。強烈な射精感に見舞われ、玲は押し出されるようにしてその口の中に欲望を放った。

ガクガクと足が震える。吐精は長く、断続的に続いた。

蜜をうまそうに嚥下《えんげ》する男を見下ろしながら途方もない愉悦に包まれる。自分の分身をこの男に与えている。瑛士とは別の方法で彼の中に自分の徴《しるし》をつけている。そう思うだけで堪らなかった。

「ご馳走様でした」

最後の一滴まで吸い取ろうとしつこく芯を舐っていた瑛士は、ゆっくりと立ち上がり、唇を求めて来る。けれど玲はそれを許さず、俯いたまま胸を押し返した。

「さっさと挿れろよ」

「玲さん？」

「俺を満たせ。……今すぐ、壊れてもいいから」

愛撫など必要ない。慣らさなくて構わない。

切羽詰まった眼差しに瑛士はわずかに眉を上げた。無理もない。こんなふうに求めたことなど一度もなかった。それでもなりふりなど構っていられない。どうにもならない衝動で頭がおかしくなりそ

うだった。

瑛士の前に手を伸ばし、強引に雄を引きずり出す。既にかたく兆しているそれに劣情を煽られながら二度、三度と雄蘂を扱くと、瑛士も煽られたように玲の片足を抱え上げた。

「力を抜いて……」

立ったまま、後孔に熱い先端が押し当てられる。待ち侘びた質量に知らず震える腰を押さえつけ、瑛士は己を突き立てた。

「――――、っ」

ろくに慣らしていないせいで入口が引き攣れ、痛みで頭が冴え渡る。殺してしまいそうになる息をそれでも必死にくり返したのは、玲なりの強がりだった。痛がっているなどと思われたくない。辛いだろうと同情されたくない。ただ快楽のため、欠けた部分を埋め合わせるために互いを利用し合っているのだと最後まで思っていてもらいたかった。

「あぁ、……っ」

太い亀頭がねじこまれ、一気に最奥までを貫かれる。不自由な体勢にも拘わらず強引に隘路《あいろ》をこじ開けた瑛士は、そのまま間髪入れずに抽挿をはじめた。

「あ、あ、……は、……ぅ、んっ」

耳を覆いたくなるような淫らな声だ。口を塞ぎたいのにそれもできない。いつもならキスで呑みこんでくれる瑛士も、先ほど拒んだせいなのか唇を求めようとはしなかった。

それでいい。自分たちは恋人でもなんでもない、ただの共犯者だ。

それでも、スーツに染みついた瑛士の匂いに泣きたいような気持ちがこみ上げる。この男に抱かれているのだ、今だけはひとつになっているのだと思うほどに胸が苦しくて堪らなかった。

あぁ、想いを自覚してからの交合はなんてリアルなのだろう。瑛士の熱も、汗の味も、雄の形すら刻みこまれてゆく。凶暴な熱塊を喰い千切りたい一心で玲は内胴に力をこめた。

自分のものにできなくても、もう二度と味わえなくても、きっと一生忘れない。

愛している――。

そして、それ以上に憎んでいる。

燃えるような想いの赤と、タールのような憎悪の黒。決して相容れないもの同士が互いの輪郭を残したままマーブル状の渦を作る。脳裏に浮かんだイメージがあまりに的確過ぎて、玲はとうとう声を立てて嗤った。

「玲さん？」

瑛士が驚いたように動きを止める。

愛しい男を目に焼きつけながら玲はきっぱりと言い放った。

「おまえとは、これで終わりだ」

唐突な宣言に瑛士は眉を顰める。納得できないといったふうだ。呼吸を荒げながらじっと見下ろす瑛士に、最後通告を投げつける。

「そうだろう。――前田瑛士」

「……！」

それですべてを悟った瑛士はすぐさま顔色を変えた。

「俺を騙すのは楽しかったか。こんな壮大な計画で潰そうとしてくれていたなんてな」

瑛士は言葉を失ったように答えない。それがますます苛立ちを煽り、玲は気が触れたように嗤った。

「信じられないよな。男に犯されて悦ぶようになったなんて。おまけに心までぐちゃぐちゃだ。おまえは凄腕だよ。完敗だ」

腰を支える瑛士の手が震えている。玲は唆すようにはめこまれた肉塊を食い締めた。

「どうした、もっとよろこべよ。俺を蔑んで嗤えばいい」

「そんなこと……できるわけないでしょう」

「今さら綺麗事でも並べるつもりか。おまえが憎くて憎くて堪らなかったＨＩＢＩＫＩの社長が我を忘れてよがってるんだぜ。復讐は成功だよ。うれしくないわけないだろう」

そう言って無理やり腰を回す。繋がったところからぐちゅりと濡れた音が響き、煽られるように自身からも滴が零れた。

「奥に出されないと満足できない身体になったんだ。だから男のペニスを咥えこんで、こんなふうに浅ましく腰をふってる」

「やめてください。そんなこと、あなたの口から聞きたくない」

「あばずれだって言いたいのか。そうなるようにを仕込んだのはどこのどいつだ」

「やめなさい。あなたはここまで堕ちて来てはいけないんだ」

「俺は神じゃない。天使でもない。快楽に流されるだけの自堕落な男だ。どうしようもないんだ」

「違う。あなたは違う」

「もうやめろ！」

力任せに唇に噛みつく。瑛士の口端から血が滲んでもやめることができず、悔しさを叩きつけるように乱暴なキスをくり返した。

「これ以上俺をおかしくさせるな。これ以上おまえに囚われたくない」

このままでは狂ってしまう。

絞り出すような声で告げると、今度は瑛士が奪うように唇を塞いだ。

「私だけで一杯になればいい。私以外のことなんて考えられなくなればいい」

「おまえはどうせ、会社のトップを思いどおりにコントロールしたいだけだろう」

「そんなものどうでもいい。あなた以外に興味はない」

畳みこんで来る瑛士に、玲はふっと嗤った。

「嘘が下手だな」

彼の目的は会社を潰すこと、ＨＩＢＩＫＩを壊せればそれでよかったはずなのだ。彼にとって真に必要なのは自分ではなく、ＨＩＢＩＫＩの社長だったはずなのだ。自分はたまたま父親から後を継いただけのこと。もし別の誰かが継いでいたら、彼はその誰かを狙ったはずだ。

そう言うと、瑛士は怒りで目の色を変えた。

「まだわかってくださらないんですか……！」

深い憎しみに満ちた双眼。それを見た瞬間、鮮烈に蘇るものがあった。

自分は知っている。この眼差しを知っている。

――どこかで、そう……遠い昔。まだ年端もいかない頃、確かにこの目で……この男に――。

「うぁっ」

不意にズンと突き上げられ、核心に近づきかけていた思考が霧散する。小休止に油断していた内胴は突然の刺激にのたうち、うねった。激しく蠕動する中を瑛士は容赦なく犯してゆく。まるで駄々を捏ねる子供のように、わかってくれと訴えるように。

「会社など、本当はもうどうでもいい。それを認めることが恐かった。認めた途端、自分が自分でなくなってしまうような気がして、どうしても立ち止まれなかった」

絞り出す声に震えが混じる。瑛士が感情を露わにするところをはじめて目にし、玲は逆に冷めてゆく己を感じた。

自分たちが繋がり合うのは、それがビジネスだからだ。利害が一致しただけのギブアンドテイクの関係なのだ。そこに感情は必要ない。ましてや思慕や独占欲などお門違いで噛えてくる。

「そういう契約だっただけなのに」

呟きを聞くなり、瑛士はみるみるうちに表情を変えた。

「契約のためだけですか」

怒りを纏い、声が詰まる。

「今でも、仕事のためだけに、あなたは私に抱かれると」

「なにが悪い。それを言い出したのはおまえだろう」

瑛士はごくりと咽喉を下げ、次の瞬間、怒りを叩きつけるように強く腰を引き寄せた。

「……ぁ、……うぁ……っ」

根元まで押しこまれた凶器に内壁を破られそうだ。獣のように激しく追い上げられ、頭の中が真っ白になったまま無理やり射精へと導かれた。

「あ、あ、あ、……ぁ、……、……っ」

裏切りにヒリヒリと痛む心に瑛士の熱い放埒が染みこんでゆく。それを迎え入れる内胴は待ち侘びた刺激に震え、自分がもうなにを信じ、求めているのか玲自身もわからなくなった。

足に力が入らなくなり、立っていられずにその場に沈みこんでも瑛士は離そうとしない。床に組み伏せ、唇を貪りながらこれ以上ないほど深く身体を繋ぎ合わせた。

このままひとつに溶けてしまえたらいいのに。

このままなにもかも消えてしまえばいいのに。

口に出せない想いを呑みこんで玲は逞しい腕に縋る。これが最後だと思った瞬間、離すまいとするかのように瑛士にきつく抱き締められた。

「あなたなど、憎らしくて堪らないと思っていたのに。それだけが生きる目的だったのに」

瑛士の顔がぐしゃりと歪む。

「それなのに、どうして……！」

血を吐くような叫びに、いけないとわかっていながら心が震えた。

低い呻きとともに瑛士が達したのを身体の奥に感じ、濡らされる快感に玲も引きずられてゆく。

ずるりと雄が抜かれたのを最後に、それきり意識は闇に沈んだ。


数日後、父親が退院した。

入院中は随分退屈だったらしく、行動派の彼は翌日からすぐに職場に復帰した。周囲は大事を取ってしばらく家にいるよう勧めたものの、それをおとなしく聞くようなタマではない。そして今回に限っては、そんな猪突猛進《ちょとつもうしん》なところが好都合だった。

玲は出社するなり一番に会長室に赴き、名代を務めた間の報告を行う。はじめこそ少し心配そうに耳を傾けていた父親も、徐々に顔を晴れやかにし、最後には満足気に頷いた。

「短期間の間に随分成長できたようだな。兼任は大変だっただろうが、いい経験になったろう」

「はい。今回のことがなければ、知らないままだったことがあったと気づかされました」

「氷堂君のおかげだな。随分と世話になったんじゃないのか」

「……ええ」

苦いものが迫り上がり、とっさに下を向いてごまかす。こんなことぐらいで動揺するなと自分に言い聞かせながら玲は意を決して顔を上げた。

「優秀な教育係に指導してもらったおかげで多くを学ぶことができました。これでもう、安心して任せていただけると思います」

「玲？」

「独り立ちさせてください」

教育係を外してくれとの申し出に、さすがの父親も眉を顰める。そんな探るような眼差しを玲はまっすぐにはね返した。

会長として、親として、常に絶対的存在だった父。だからこれまでは部下としても、息子としても、我を通すような真似はしたことがなかった。唯一、我が儘を言ったのがヴァイオリンのコンクールだ。けれどそれさえ目的のためには手段を選ばない父親に潰され、それ以来、彼に対してなにかを望むということを諦めてきた。

そんな玲にとって、ここまできっぱりもの申すのは生まれてはじめてのことだ。一度口に出したことで勢いがつき、そのまま思い切って言葉を続けた。

「自力でやってみなければ、わからないこともあります」

「しかし、おまえ……急に外すというのも……」

「様子見できない性格なんです」

思い立ったらすぐ行動に移すところも、変に頑固なのも先代譲りだ。自宅療養できない相手になぞらえると、父親は少し間を置いてからやれやれと肩を竦めた。

「……おまえがそこまで言うとはな」

「会長」

「これまでは人の顔色を窺うようなところがあったが……。そうか、自分で舵《かじ》を取りたくなったか。腹を括ったなら、玲、おまえのやりたいようにやるといい。氷堂君には私から伝えておこう」

「ありがとうございます」

深々と頭を下げ、会長室を後にする。廊下に出るなり張り詰めていたものがゆるみ、玲は大きく息を吐いた。

これでようやく自由になれた――。

達成感に胸が騒ぐ一方で、どうしてだろう、思っていたほどすっきりしない。まるで不安でもあるかのようになにかがもやもやと胸の中に燻っていた。

「気のせいだ」

小声で自分に言い聞かせ、頭をふって雑念を払う。

事実、玲の仕事ぶりを見て老獪な幹部社員たちはおとなしくなった。これまでのように阿ることも、厭味を浴びせることもない。それだけの力が交換条件によって身についたのだと思うとなんとも言えない気分だった。

廊下を闊歩する玲に、擦れ違う社員たちが挨拶をよこす。「社長」と呼びかけられるたび、これまでにはなかった不思議な感慨が湧き起こった。

彼らは、自分がどんな手段で会社を支えているかなにも知らない。こうしてＨＩＢＩＫＩを存続させるのと引き替えに、裏でどんなことが行われていたかなど想像もしないだろう。

あんな、口に出すのも憚られるような手段で。

そう思うと向けられる視線すら堪らなくなり、玲はふり切るように足を速める。社長室の扉を後ろ手に閉め、ドアに背中を預けた途端、どっと襲う疲れにそのまま瞼を閉じた。

知らない方がいい。あんなこと、誰も知らない方がいいんだ。

心の中で独白し、自嘲に顔を歪める。

父親が金でＨＩＢＩＫＩを大きくしたというなら、自分は身体で会社を守った。先代の狡猾な一面を疎んでさえいたのに結局自分も同じ穴の狢《むじな》だったというわけだ。蛙の子は蛙だと思ったらなんだか力が抜けてしまい、玲はドア伝いにずるずるとその場にしゃがみこんだ。

瑛士に身体を弄ばれ、いつしか心まで奪われた。想いは裏切りに踏み躙られ、矜持は完膚《かんぷ》なきまでに潰された。はじめて人を好きになった結果がこのザマだ。同性の部下となんて、どう考えても結ばれるわけがないのに。

「そう、だよな……」

期待した自分が間違っていた。

「……馬鹿だ、俺………」

今頃悔いたところでもう遅い。

取り返しのつかない現実だけが目の前に横たわっていた。


その日を境に、瑛士はパタリと姿を見せなくなった。

社長室のあるフロアだけでなく、会議室や応接室でも擦れ違うことはない。頻繁に顔を合わせていた頃が嘘のように瑛士は忽然《こつぜん》と姿を消した。引き際の鮮やかさたるやいっそ見事なほどで、残り香を探そうにもどこにも見当たらない。無意識のうちにそんなことをしている己に気づき、そのたびに自分に対して言い様のない怒りに苛まれたりした。

お守り役がいないとなにもできない男だと思われぬよう仕事に没頭しようとするものの、メールを打てば途中で送信し、書類を読もうにも目が滑るばかりでまるで使いものにならない。秘書が読み上げるスケジュールさえ右から左に抜ける始末で、なにをやっても空回りばかりの玲に秀吾はため息を重ねるのだった。

一事が万事そんな調子だったから、秀吾から「ちょっとつき合え」と強引に呑みに誘われた時もさして驚きはしなかった。面倒見のいい彼のことだ。単に心配してくれたのかもしれないし、ここらで活《かつ》を入れておかなければと思ったのかもしれない。

早々に仕事を切り上げ、連れて行かれたのはワインバーだった。

真っ黒な外装に金色の流麗な書体で店名が書かれている他は飾りらしいものもなく、中に足を踏み入れても床も壁も、さらには天井までも黒で埋め尽くされている。中央にある島状のカウンターには何百本というワインボトルとグラスが飾られ、間接照明にキラキラと輝いていた。

適度に混み合った店内には人々の笑い声と食器の触れ合う音が響き、その間をクラシックジャズが控え目に流れてゆく。日常を忘れさせるには充分な雰囲気に驚いていた玲は、カウンターの向こうのボックス席へと通された。

店員とは顔馴染みなのか、秀吾は軽く片手を上げて挨拶している。自分の知らない彼の一面を見たようで、なんだか不思議な気分だった。

役職上酒を嗜む機会は多いが、玲自身はアルコールが苦手なこともあり、自ら進んでこういった場所に来ることはない。けれどこのぐらいの歳の男なら行きつけの店の二、三軒もあるものなのだろう。

そういえば、瑛士とは一緒に酒を呑んだこともなかった。

彼ならショットバーが似合うだろうか。脚長のスツールに腰かけ、ショットグラスを傾ける仕草はきっとサマになるに違いない――――。

「そっち側でいいか？」

「……え？　……あ、あぁ」

不意に話しかけられて返事をするのが一拍遅れる。秀吾が指す椅子を目にするなり、玲は何度も頷いた。

ぼんやりしていたせいで、自分はきっとおかしな顔をしていただろう。暗がりに紛れて気づかれなかったことを祈るしかない。けれどそれは同時に、秀吾の訝しげな視線をも隠してしまうことに玲は思い至らなかった。

瑛士のことなんて考えるからいけない。

内部告発の件も迷った末に秀吾に一任したのだ。秘書の報告を待つ間、自分にできるのは冷静でいることだけだ。たとえ瑛士が会社を追われようと、法の裁きを受けようとも、すべてを淡々と処理するしかない。

胸の奥がズキリと痛む。

声を堪えた気配が向かいの席まで届いたのか、メニューを眺めていた秀吾が顔を上げた。なにか言いたげな眼差しに罪悪感のようなものを覚え、居心地悪さに思わず目を逸らしてしまう。

そんな玲に、秀吾は長いため息を吐いた。

「おまえが心配だよ」

その目はなにもかも見透かしてしまいそうだ。「あいかわらず過保護だな」と笑って受け流そうとしたものの、秀吾はそれを許さず声にわずかな苛立ちを混ぜた。

「ようやくあいつがいなくなったと思ったのに、おまえがそんな顔ばっかするからだろ」

「……え？」

「会長に直談判《じかだんぱん》したのはおまえだったんだってな」

どうして、それを……。

言葉を呑む玲をよそに適当にオーダーを済ませた秀吾は、テーブルの上で頬杖を突いた。

「それを聞いて、うれしかったんだ。やっと俺の話を聞く気になったのかと思ったんだよ。ようやく俺の方を向いてくれるのかってさ」

「中里？」

小さな違和感が喉の奥をチリチリと灼く。ウエイターが運んで来たワインを一目見るなり、玲はさらに眉を顰めることになった。

「フルボトルで頼んだのか？」

「たまにはいいだろ」

責めるような眼差しにもビクともしない。玲がほとんど呑めないことを承知で肩を竦める秀吾は、自棄酒でもしようというのか、やたら酔いたがっているように見えた。

普段の彼ならこんな無茶はしないし、こちらの希望も聞かずに勝手にオーダーを通したりもしない。

さっさと事を進めてしまおうとするのが秀吾らしくなくてざわざわと心が騒いだ。

軽んじられていると感じたとしたら、それは自分の思い上がりだろうか。

血のように赤いワインをグラスの底で回しながら秀吾は胡乱《うろん》な目を向けてきた。

「傍にいなくなっても、おまえの心はあいつのものかよ」

――まさか。

いや、秀吾が知っているはずがない。高鳴る胸にこれ以上騒ぐなと命じつつ、玲は首を傾げた。

「……なんの話だ」

「俺をごまかせると思ってんのか。おまえのこと何年見て来たと思う」

――やはり。

鋭い眼光の前に淡い期待は絶望に変わる。玲の顔色が曇ったのを見逃さず、秀吾は痛みを堪えるように顔を歪めた。

「あいつのことが、好きなんだな」

最後は断定だった。

その瞬間、心の奥のまっさらな雪原を踏み躙られたような錯覚に囚われる。彼の見ている前で瑛士に弄ばれ、あれだけの痴態を晒したにも拘わらず、それでもなお知られたくなかった本心を抉り出されてこみ上げたのは強い拒絶反応だった。

けれど、ここで席を立ったら指摘されたことを認めることになる。早鐘のように打つ鼓動を堪え、玲は何度も首をふった。

「なに言ってるんだ。そんなこと、あるわけない」

「なら、おまえらの繋がりは契約のせいか？　本当にそれだけか？」

「あぁ」

鷹揚《おうよう》に頷きながらも身体の震えが止まらない。ごまかすようにテーブルの上でこぶしを握ると、秀吾はその上に手を重ねた。

「だったら、終わったことだよな。もう遠慮することはないよな」

まるで瑛士を見ているようだ。欲と情を湛えた眼差しを切なげに細め、秀吾は熱っぽく訴えた。

「あいつなんて忘れちまえ」

「中里」

「これ以上苦しむおまえは見たくない。……俺にしろ」

その瞬間、ジャズがやむ。さっきまでほどよくざわついていたはずの店内から、一切の雑音が切り取られた。

「中里、それ……」

「口説いてるんだよ。玲、おまえを」

「……」

絶句している間に料理が届き、会話はそこで中断する。けれどそれで我に返ったせいか、引き替えるように人々の話し声やカトラリーの触れ合う音が耳に戻った。

――秀吾が、自分をそんな目で見ていたなんて。

刃の長いフォークで真鯛のカルパッチョを掬いながら考えに沈む。

従兄弟が自分を恋愛対象にしていたことに驚きはしたものの、どうしてだろう、瑛士の時のようなリアルな想像には結びつかない。現実感がないと言ったら彼は怒るだろうけれど、どうしてもピンと来ないのだ。たとえこの後どこかのホテルに連れこまれ、無理やり犯されたとしても、瑛士ほどの衝撃はないように思えた。

自分はおかしくなったのだろうか。男同士でセックスすることにさえ抵抗を感じないなんて。

「……っ」

ぼんやりしていたせいでホールペッパーを噛んだらしい。口の中に広がる辛味に顔を顰めたものの、どこか癖になる刺激に、玲ははじめて味わった深い快楽を思い出した。

どれだけ抗っても、拒んでも、力尽くで犯された。情交への抵抗を剝ぎ取られ、快感を植えつけられ、肉欲に溺れるよう唆された。身体の中から造り替えられてゆく過程できっと自分には恥も外聞もなくなってしまったのだろう。すべて、あの男に投げ与えてしまったから。

淫らに啼《な》かされ、快楽に堕とされ、剝き出しの心を思うさま弄ばれてきた。瑛士のギラギラとした眼差しに晒されるたび胃の腑が焼け爛れるような高揚感とともに、自分は確かにもうひとつの罪深い感情をも抱いていた。

きっと、一生に一度の……だった——。

あれほど誰かを想うことも、深く憎むことも二度とない。この先誰と出会っても、あんなに心を震わせることは二度とない。

じっと一点を見つめる玲に、ワインを注《つ》ぎ足しながら秀吾が小さく苦笑した。

「そんな顔すんな。勝ち目がないと思いたくない」

「中里」

「せめて今は秀吾って呼べよ」

向かい側から手を伸ばされ、やさしく髪を梳かれる。いつもの秀吾に戻ったようで緊張していた頬が少しだけゆるんだ。

彼の恋人はさぞや大切にされるのだろう、そう考えたことがあった。そんな彼に想いを打ち明けられ、この手を取りさえすればおだやかなしあわせが待っているだろうと想像できる。

それでも、できなかった。瑛士から与えられたもの、瑛士とわかち合ったもの、たとえそれが偽りの愛欲だったとしても、それ以外のすべてが自分にとって意味がないとわかってしまった。

「……ごめん」

名を呼ぶことすらできずに首をふる。

秀吾はしばらく髪を撫で続けていたが、ややあってそっと手を引いた。

どうしたらいいかわからず、手持ち無沙汰になるあまりグラスを煽る回数が増える。もともと酒に弱い上、ワインなど呑み慣れていないこともあって予想以上に早く酔いが回った。頭がふわふわとなって視点もうまく定まらない。だがその代わり、胸に横たわっていた後悔の念が徐々に軽くなるのがわかった。

なるほど、世の中の大人が酒に逃避するわけだ。

小さな声で呟くと、それが聞こえたのか秀吾はわずかに眉を上げた。

「玲」

「ずっと悩んでたのにな……。不思議だ。今はすごく気分がいい」

なにも考えなくていいというのはなんて楽なのだろう。会社のことも、老獪な連中のことも、ヴァイオリンのことも、そして瑛士のことも。

そう言うと、秀吾は窘めるように顔を顰める。

「現実逃避ばかり覚えるな。酒に逃げてもいいことなんてないんだ」

「わかってる」

どうせ束の間、うたかたの夢だ。酔いが醒めたらそこでおしまい、これがずっと続くなんて思っていない。

「……は、はは……」

訳もなくおかしくなって嗤いが漏れた。

それが刹那的にでも見えたのか、秀吾は突然手を伸ばして玲の呑みかけのグラスを奪う。最後の一口を煽るなり、やや乱暴に口元を拭った。

「出よう」

「中里？」

「もう少しだけ、いい気分のままでいさせてやる」

皿にはまだいくらか料理が残っている。ワインボトルこそいつの間にか空っぽになっていたけれど、あまりに唐突な切り上げ方に少しだけ面食らってしまった。

それでも表に出ると夜風が火照った身体に心地よく、玲はゆっくりと息を吐き出しながら目を閉じる。遅れて店を出て来た秀吾に会計を訊ねると、彼は肩を竦めて煙に巻いた。

「こういう時、男は下心なしに動いたりはしないもんだ」

「え？」

「ほら、しっかり歩け」

どういう意味だと問う間もなく、逞しい腕が身体を支えてくれる。縋っているとそれが瑛士のような気がしてくるから不思議だった。

もし、まったく違う人生を歩いていたら瑛士と親しくなれただろうか。こんなふうに酔って漫《そぞ》ろ歩いたりしただろうか。相手を知って、意識して、やがて愛情が芽生えて、恋人になって――？

お伽噺《とぎばなし》のようだと心の中でひとりごちる。答えなど、考えてみるまでもなかった。

相手は瑛士だ。自分を破滅させるために近づき、弄び、矜持を踏み躙るような裏切り者だ。たとえどんなに運命的に出会ったとしても、純粋な気持ちだけで繋がり合う関係になどなれるわけがない。

だからだろうか。できないことだとわかっているからこそ、どこにいても、誰といても、ずっと瑛士のことばかり考えている。

秀吾の指摘はもっともだ。自分から突き放したにも拘わらず、気づけば瑛士の気配ばかりを探している自分がいる。重症だと言うしかなかった。

小さなため息を吐くや、グイと腰を引き寄せられる。

「せめて俺といる時は、俺のことを考えてくれ」

突然のことに驚きを隠せない玲に、秀吾はさらに言葉を継いだ。

「おまえがこれ以上翻弄されるのを見るのは耐えられないんだ。あの男と縁を切るための言い訳が必要なら、俺がいくらでも悪者になってやる」

「中里……」

「俺なら悲しませたりしない。……玲、俺は本気だ」

はじめて目にする熱っぽい眼差し。それを見ているうちに玲はあることに思い至った。

秀吾には一途に想い続けている相手がいると聞いたことがある。それを打ち明けられた時、自分は色恋事になどまるで興味がなく聞き流していたけれど、今思えばあれは自分のことを言っていたのだ。

目の前で瑛士に弄ばれる自分を見て、秀吾はどう思っただろう。その後も瑛士しか目に入らない自分に、秀吾はどんなに苛立っただろう。

もし、自分が逆の立場だったらと考えた途端、全身に鳥肌が立った。

目の前で瑛士が別の誰かを抱くのを黙って見ていられるだろうか。自分にしたように新しい男の快楽を引き出し、ひとつになって駆け上がって行く様を目に焼きつけることができるだろうか。

「……っ」

激しい拒絶に胃の腑が竦む。食べたものを吐き出しそうになり、玲は必死に口を押さえた。嫌な汗がじわりと染み出す。心も身体もなにもかもが瑛士に囚われているのだと痛いほどに思い知った。

こんな自分が秀吾に縋るなどおこがましい。こうして支えてもらっていることすら申し訳なくて自力で立とうとしたものの、秀吾はそれをやんわりいなしてより一層身体を密着させた。まるで今だけは自分のものだと言うように。

秀吾は玲を抱え、表通りへと歩いて行く。タクシーを拾うのだと言う。

「行くんだろう。もう少しだけ夢を見ていられるところに」

眼差しに浮かぶ赤裸々な欲情。それを見つめたまま玲は何度も首をふった。

「駄目だ。おまえとは、恋愛にはなれない」

「……こういう時だけ察しがいいんだな」

秀吾は小さく笑いながらも手を挙げてタクシーを呼んでしまう。こうした強引さは瑛士も同じだったはずなのに、どうしてだろう、秀吾にだけ強い抵抗を感じた。

そうこうする間にも目の前に真っ黒なボディが滑りこんで来る。後部座席のドアが開き、白いシートカバーが見えた瞬間、それがやけにいかがわしく思えて腕をふり解こうと身体を捻った。

「……っ」

けれど秀吾はビクともしない。直前で怖《お》じ気づくことも想定の範囲内だったというように腰に回した手で玲を押し出す。これに乗ったが最後、二度と元には戻れないと本能が察していた。

「駄目だ、中里」

恐怖のあまり声が震える。

それでも秀吾は腕を離そうとはしなかった。

「俺が忘れさせてやる」

「やめ……中里、やめてくれ。違う、俺は……っ」

力尽くで後部座席に押しこまれそうになり、抗いながら揉みくちゃになる。

こんなことなら瑛士に狂わされてしまえばよかった。いっそおかしくなってしまうまで彼のものでいればよかった。そしたらせめて、叶わない恋の代わりにうたかたの夢ぐらい見られたかもしれないのに。

己の愚かさを悔いるしかない。シートに身体を半分押しこまれながら、心の中で愛しい男の名を叫んだ時だ。

「なにをしているんです」

よく通る深みのある声。縋るように顔を上げたその先には、脳裏に描いていた人物が射貫くような目でこちらを見ていた。

「……氷堂……」

「随分と強引なようですね。合意の上には見えませんが」

秀吾に向けた眼差しには一切の感情がない。本気で怒っているのだ。瑛士はこちらに歩み寄るなり玲から秀吾を引き剝がした。

「玲さん、今すぐ降りてください」

「待て。おまえは関係ないだろう」

突然のことに驚いていた秀吾も、ようやく我に返って瑛士に嚙みつく。

言い争いをはじめたふたりにタクシーの運転手は迷惑顔だ。稼ぎ時である金曜の夜にこんなことで時間を潰したくないのだろう。案の定、玲が車を降りるなりタクシーはドアを閉めて行ってしまった。

好機を台無しにされた秀吾はこぶしを震わせながら瑛士を睨みつける。

対峙する瑛士もまた、底冷えするほど鋭利な目で秀吾を見た。

一触即発の事態に息を詰めながらも高鳴る胸を抑えられない。どんなに距離を置こうとも、どれだけ強がろうとも無駄だったのだと今ほど痛感したことはなかった。

瑛士の声を聞いただけで、その眼差しで射貫かれただけで、この身体はいともたやすく制御を失う。自分で思っていた以上にこの男に囚われている——そして今、あらためてその目を見て、憎しみと愛は表裏一体だと気づかされた。

今でも瑛士を憎んでいる。

それと同じだけ愛してもいる。

頭の中が黒と赤のマーブル模様に支配されて言葉が出ない。そんな玲を庇うように秀吾は切り札を投げつけた。

「氷堂、おまえのことは調べさせてもらった。おまえのやったことは内規違反だ。そっちが内部告発で脅すって言うなら、こっちは会社にいられないようにしてやる」

瑛士に動揺した様子は微塵もない。それどころか、受けて立つというように冷たい眼差しに光を宿した。

「不正を正すのが目的ではありません。自分の身など、どうなっても構わない」

「会社と心中するつもりか」

「それが生きる目的でしたから」

「……狂ってる……」

呆然と秀吾が呟く。けれどすぐに我に返り、意を決したように喉を鳴らした。

「おまえみたいなやつに玲は任せられないことがよくわかった。玲は俺が守る。おまえなんかに好き勝手にさせない」

不意に手を引かれ、よろめいた弾みで秀吾の胸に倒れこむ。

それを見た瑛士は一層冷ややかな目で嘲笑した。

「わかって欲しいとは思いません。私たちの関係は、あなたには死ぬまで理解できない」

「な……っ」

「私は、玲さんを唯一無二の存在だと思っています。これまでも、そしてこれからも」

迷いのない口調で宣言するなり瑛士はまっすぐに玲を見た。力強い眼差しに彼の本気を感じ取り、不覚にも身体が震える。胸の奥でなにかが弾けるのがわかった。

確かにあの夜、彼は電話越しに囁いていた。玲という存在のために生き、玲を知ることによってその意味さえ変えられてゆくと。

――一生あなたに支配される人間なんです。

最後の言葉が引っかからなかったわけではない。それでも、甘言に酔うまま問い返しはしなかった。そのせいでこんなところまで来てしまったなんて馬鹿げた話だ。あの時確かめていれば、あの時目を覚ましておけば、こんなに苦しまずに済んだものを。こんなに愛さずに済んだものを。

後悔と焦燥に駆られながら玲は自嘲に顔を歪めた。

「俺を、憎んでたんだろう……？」

突然口を挟んだ玲に秀吾は驚いてふり返る。それでも玲は瑛士から目を逸らすことなく続けた。

「俺を壊したいほど憎んでたんだろう？　俺も、父親も、会社も……なにもかもおまえは壊したがっていたじゃないか。俺はおまえの唯一無二にはなれない。すぐに潰されて、壊されて、なんの価値もなくなる存在だ」

「違う」

「違わないよ、氷堂」

やさしくされて勘違いをしていただけだ。自分たちの運命など、どこを切り取っても重なるわけないのだから。

瑛士は焦れたように声を荒げる。

「確かに、私はあなたを壊したいと思っていた。父親を死に追いやった前社長、その一番大切なものを奪ってやりたいと思っていました。それなのに――結局は、私が溺れてしまった」

苦しい胸の内をようやくのことで吐き出したものの、言葉にするなり後悔したかのように瑛士は強く奥歯を嚙み締めた。

その先が知りたくて、玲は自らの意志で秀吾から離れる。制止の声など聞き入れる余地もない。今確かめなければ、今聞かなければきっと一生後悔するという強い気持ちに突き動かされるまま瑛士に向き合った。

「おまえは、俺を壊した後でどうするつもりだった？」

嗤いものにしただろうか。自尊心を満たしただろうか。それとも。

「俺を殺して、永遠におまえのものにするつもりだった？」

「玲さん！」

「玲！」

ふたりから悲鳴のような声が挙がる。そうしてくれて構わなかったのにとそっと笑うと、さすがの瑛士も驚きに息を吞むのがわかった。

「おまえに裏切られたと知って、自分でも嗤えるほど動揺した。常に冷静であるべき会社のトップが聞いて呆れる。せっかくおまえに教えられたのに、俺は最後まで守れなかったな」

それでも社長の椅子から降りられないのは己の弱さだ。父の期待に応えるために生まれた以上、死ぬまでこの茶番を演じなければならない。

「なぁ氷堂、あらためて俺と取引しないか。俺のことはどうにでもしていいから、HIBIKIからは手を引いてくれ」

取引という言葉に瑛士の顔がかたくこわばる。

「玲、おまえなに言ってんだよ！」

秀吾も後ろから詰め寄ったけれど、ためらいなんて微塵もなかった。

「叩けば埃《ほこり》の出る組織でも、代々続いた大事な会社だ。それに、先代が金で事業を大きくしたって言うなら、俺は身体を売ってノウハウを学んだ。俺こそHIBIKIの膿《うみ》みたいなものだ」

言いながら己の言葉に納得する。自分のように汚れ切った存在が泥を被りさえすればHIBIKIは救われるかもしれない。

「本気ですか」

自身を犠牲にしてまで会社を守ろうというのかと漆黒の双眸は訴える。眼差しが真剣であればあるほど、自分が汚れたもののように思えて玲はゆっくりと首をふった。

「俺は、そういう存在だろう？」

暖簾を守るために生贄になったなどと大層なことを言うつもりはない。元はといえば、うるさい外野を黙らせるために力が欲しくてやったことだ。互いの利益の一致を図った結果、瑛士の手によって細胞のすべてが造り替えられた。今やもうこの身には恥も外聞も、理性も常識も、立場も未来さえも残っていない。手にあるのは濃密な時間の記憶、ただそれだけ。だから。

「なかったことになんてできない」

どれだけ願っても。

「忘れることなんてできない」

どれほど祈っても。

「できないんだ。……馬鹿だよな……」

これまでずっと、瑛士の前では気を張っていた。そうしないと負けてしまうと思っていた。けれどそれももうどうでもいい。はじめて弱さをさらけ出した瞬間、堪えていた感情が一気にこみ上げる。

玲の昂りを代弁するかのように熱いものが一筋頬を伝った。

「な、……ん、で……」

泣くなんてどれぐらいぶりだろう。悔しさに歯を食い縛ることはあっても、感情を表に出すなんてもう長いことしていなかった。なにか言わなければと思えば思うほど焦って言葉が出て来ない。一度箍《たが》が外れれば後はもう済《な》し崩しで、それまで溜まっていたものが堰を切ったようにあふれ出した。

みっともないと思うのにどんなに堪えようとしても止められない。それどころか嗚咽《おえつ》は激しくなる

一方で、玲は手の甲を口に押し当てながら身悶え続けた。

悲しいのではない。恐いのでもない。混乱の極みで人は泣くのだ。

「玲さん」

強く肩を引き寄せられ、ぶつかるように腕に収まる。きつく抱き締められ、懐かしい匂いを肺一杯に溜めこんだ途端、全身がぶるぶると震えて止まらなくなった。

瑛士だ……。

この声も、この温度も、すべて愛しい男のものだ。もう二度と触れられないと思っていた背中に腕を回した途端、胸は一際強くズキリと痛んだ。

たとえ心は重ならなくとも、これから性奴隷のように扱われるのだとしても、せめてこのぬくもりがあるなら耐えていける。過去をなかったことにできないのなら、そして会社の役にも立てるなら、それが一番いい答えのように思えた。

嗚咽を堪え、唇を噛む。

その後ろで秀吾が小さくため息を吐いた。

「いいのか、玲」

きっとこれが最後の問いだ。わずかに頷くと、秀吾は静かに「わかった」と答えた。

「氷堂。……二度と泣かせるな。次はない」

「約束します」

それがどんな顔で交わされたものだったのか、俯いていた自分にはわからない。それでも瑛士がそう言ってくれたことが嘘だとしてもうれしかった。

秀吾の靴音が遠ざかって行く。

ゆっくりと身体を離すと、瑛士が確かめるように顔を覗きこんで来た。

「よければ、少し歩きませんか。あなたに話したいことがたくさんある」

頷くのを待って肩に手を回され、一歩、また一歩とよろめきながら歩きはじめる。秀吾が向かった駅とは反対の方向だ。いくらも行かないうちに住宅街に入り、辺りはしんと静かになった。その中をふたつの靴音だけが、時に重なり、時に絶妙なリズムを刻みながらアスファルトの上を進んで行く。やがて小さな公園に行き着いたふたりはベンチに並んで腰を下ろした。

瑛士はなにも話さない。玲も口を開かない。静寂だけがふたりを包み、この空気を馴染ませようとしていた。

偶然にして必然の出会いを果たし、濃密な時間を過ごし、一度は突き放したくせに傍にいることがいつの間にかしっくり来てしまう。欠けた部分が埋まるように、足りないものが満たされるように、瑛士の隣はひどく心地がよかった。

こんな気持ちになるなんてな……。

心境の変化にそっと目を細める。

向き直った瑛士は皓々《こうこう》と光る満月を背負っていた。神々しく、手が届かないもののように見えてしまうのは業《ごう》の深さか。――当たらずとも遠からずだ。自嘲に顔を歪ませる玲に、瑛士は小さく嘆息しながらゆっくりと首をふった。

「そんな顔をしないでください。……すべてを諦めたような顔を」

どういう意味だと問うはずの声が風に掠れる。

眉を寄せる玲に、瑛士は痛みを堪えるように顔を歪めた。

「あなたにこれ以上取引はさせられません。そんな言葉で繋がるのは、もう終わりにしなければ」

降伏の笑みがすべてを超越する。およそこれまで見たこともない、大切な宝物を自ら手放すような焦燥さえ孕んだ表情に言葉も出なくなった。ただ黙って食い入るように瑛士を見つめる。彼《か》の人は、労るように玲の背中を一撫でしてから静かに胸の内を語りはじめた。

「私はずっと、父の無念を晴らすためだけに生きてきました。HIBIKIを壊すこと、ただそれだけを生きる目的にしてきたんです」

そのために先代に仕え、新しく社長に就任したばかりの玲の元に潜りこんだ。すべては順調に進んでいたはずだったのに、いつからか迷いが生じるようになったのだと瑛士は小さく自嘲する。

「仇を討とうと躍起になればなるほど、あなたが遠ざかるとわかったんです」

はじめての快楽を屈辱とともに味わいながら、必死に流されまいとする相手を嘲笑していられる間はよかった。玲のことを知るうちに征服欲は独占欲に変わり、汚れた感情さえ凌駕するほどの強い想いに取り憑かれるようになったという。

「告発の準備を進めなければ生きる意味を失ってしまうのに、その反面、あなたに知られる日が来ることが恐くてしかたありませんでした。……それに気づいた時点で、答えなど出ていたのにね」

「氷堂」

「はじめて会った時から、あなたが忘れられませんでした」

覚えていないでしょう、と瑛士は力なく笑う。

「あなたを見たのは私が十八の時です。父の亡くなる直前でした。凛としたあなたはとても眩しくて、自分の対極にいる人に思えた。父から、そして私たち家族からすべてを奪ったＨＩＢＩＫＩに復讐するために、会長の大切な一人息子であるあなたを屈服させることだけを考えて生きてきました。その願いは一度は叶ったのに——いや、叶ったと思っただけで、あなたはいつまでも崩れなかった。決して気高さを失わなかった。私はそんなあなたに焦れながらも、いつしか強く惹かれていったんです」

まさか。感情だなんて、そんな不安定なものに彼がふり回されるはずがない。こんな自分に心を動かすわけがないのだ。

思ったことが顔に出ていたのだろう、瑛士はゆっくりと首をふった。

「私の人生からあなたを取ったら、なにひとつ残らない」

「俺があの人の息子だからか」

「いいえ。あなたが、あなただからです」

嘘、だろう……。

思いがけない言葉に息を呑むことしかできない。胸の奥がじわじわと熱くなるのをどうすることもできず、玲はただ呆然と瑛士の目を見つめ続けた。

漆黒の双眸は言葉より雄弁にすべてを語る。先代の息子としてではなく、新社長としてでもなく、ひとりの男として、和宮玲として、彼は自分を見てくれていたのだとようやく知った。

あぁ、だから……。

雁字搦めになっていた心から鎧が落ちる。自分がなぜここまで瑛士に惹かれてしまったのか、その意味がやっとわかった。

彼が、自分自身を見ていたからだ。他の人間のようにおべっかを使うこともなく、親の威光を笠に着てと蔑むこともなく、ただ直向《ひたむ》きに、和宮玲という人間に向き合い、根底に眠っていた人間らしい感情を呼び覚ましてくれたからだ。

無論、瑛士のしたことは交換条件というにはあまりに酷《ひど》い。けれど、あそこまでのことがなければ自分は己の意志を示すことも、父親に直談判することもできないままだった。人間らしく泣くことも、喚くことも、憎むことも、愛することも、全部瑛士が引き出してくれた。

頑なであろうとした心がじわりと溶ける。

「玲さん」

一緒にブランチを食べたあの日のようにやさしく名を呼ばれ、それだけで胸が痛くなった。けれどさっきまで感じていたものとは違う。切なくも甘やかな、泣きたくなるような疼きだった。

目が潤《うる》んでしまうのが恥ずかしくて慌てて目元を拭う。その手首をやんわりと捕らえるなり、瑛士は真剣な顔で告げた。

「あなたを、愛しています」

全身に鳥肌が立つ。一言も聞き漏らすまいとする玲に、瑛士は苦しそうに眉根を寄せた。

「あなたを憎もうとすればするほど心ばかりが傾いて行って、頭がおかしくなりそうでした。自分の生きる意味さえねじ曲げて、父の無念も果たせずに……。あなたを陥れようとした罰が当たったんでしょうね。自業自得だ」

それでも、と瑛士は言葉を続ける。

「あなたを想う気持ちに嘘はありません。たとえ信じていただけなくても――土台、信じろという方が無理でしょう。あなたにとって私は、憎むべき人間ですから」

「どうして……そんなことを言うんだ……」

「あなたに知って欲しかったからですよ。自分でもどうしようもないほど育ってしまった邪な想いを懺悔したかったのかもしれません。さながらここは告解室《こっかいしつ》だ」

深い諦観《ていかん》に目を細めるのが痛々しくて胸が詰まった。

「さっき、私を選んでくれたでしょう。……うれしかった。叫び出したいくらいに」

「氷堂……」

「愚かな男なんです。どうしようもない男なんです。あなたのことになるとまるで冷静ではいられなくなる」

いつも大上段に構え、自信にあふれていた瑛士。その彼が今、なにひとつ隠すことなく脆い内面をさらけ出しているのかと思うと心が揺れないわけがなかった。

「父が亡くなった理由の一端がＨＩＢＩＫＩにあったのだとしても、当時なんの職務権限も持たないあなたを苦しめていい理由にはならない。けれど、そんなこともわからなくなるほど、私はあなたがうらやましかったんです。凛としたあなたが眩しくて、心を奪われる自分が許せなかった」

瑛士は俯き、自嘲するように口元を歪める。

「はじめて会った時からあなたに惹かれていたんだと思います。そうでもなければ、こんなに長い間拘《こだわ》り続けられるわけがない。片時も忘れたことはありませんでした。年月を経るうちに想いが歪んでしまったとしても」

まるで血を吐くような切実な告白。

次に顔を上げた時、瑛士は咎人《とがびと》のような目をしていた。

「望むだけの報復を私に返してください。どんな罰も受ける覚悟ができています」

「どうして……」

「打ち明けることを許してくれた、それだけで充分ですから」

終わりを予感させる言葉に、とうとう玲の中のなにかが弾ける。最初に湧き上がって来たのは怒りだった。

「ふざけるな……！　ひとりで自己完結して終われると思ったら大間違いだ」

「玲、さん」

「おまえほど勝手な男はいないんだ。俺の心も身体もなにもかも奪って行ったくせに……今になってそんなことを言うのか。俺から逃げるつもりなのか」

気が昂り過ぎて声が掠れる。ぶるぶるとこぶしを震わせ、肩で息をしながら玲は必死に訴えた。

「おまえは狡い男だ。酷い男だ。おまえのようなやつは俺でなければ相手にできない」

「玲さん」

「俺は怒っているんだ。おまえに怒っているんだ、氷堂！」

想いを叩きつける玲を、瑛士が力強く抱き締める。

「愛しています。あなたのすべてを私にください」

息もできないほど掻き抱かれ、玲も精一杯の力でそれに応えた。

「そんなの全部……はじめからずっと、おまえのものだ」

叶うわけなどないと、望むことすらしなかった恋。それが今ここにあることを互いに確かめ合いながら、どちらからともなく唇を重ねた。

もうなにも隠さなくていい。

もうなにも諦めなくていい。

そのよろこびを、深く深く噛み締めながら。

思いが通じ合った途端、もう一秒だって待てなくなった。

互いの家まで帰る時間さえ惜しんで裏通りのホテルに入る。部屋のドアを閉めるなり、貪るように唇を重ねた。

自分がどれだけ相手に欲情しているか、見せつけ合うのが気持ちよくて堪らない。グイと腰を引き寄せられ、下肢に感じる昂りに玲はますます呼吸を乱した。この男を本気にさせたのは自分なのだと思うだけで頭の芯が灼き切れそうだ。そんな自分もまた瑛士が欲しくて欲しくてしかたなくて、熱を煽るように厚い胸板をまさぐった。

スーツの上着のボタンを外し、手荒くネクタイのノットを乱す。すると口内を占拠《せんきょ》していた熱い舌が楽しそうに口蓋をくすぐった。

「……ん、……ふ、ぅっ」

まるで「待ち切れないんですか」とでもからかっているかのようだ。肯定の代わりに舌先を甘嚙みしてやると、瑛士はわずかに残っていたはずの理性さえ捨ててくちづけを深めた。絡めた舌を強く吸われ、強引に擦り上げられてぞくぞくしたものが背筋を這い上がる。それと逆行するように大きな手が身体の側面を滑り降り、身体の中で逆流した熱が行き場を求めて大きくうねった。

「んんっ」

足を割られ、太股で欲望を擦り上げられる。直接でないからこそ、この後の愛撫を想像して腰が揺れた。

瑛士は両手で細腰を抱き寄せ、足の動きに合わせて揺さぶって来る。もどかしい熱に頭がどうにかなりそうで思わず逃げを打つ玲に、恋人は服の上から強引に尻を揉みしだいた。密着した身体の間で揉みくちゃにされた自身は今やかたく反り、熱い涙を零しながら下着を濡らしている。それを報せるように首に回した手で瑛士の後ろ髪を掻き乱すと、彼は唇を塞いだまま小さく笑った。

瑛士は前に回した方の手で器用にベルトを外し、ことさらに時間をかけてジッパーを下ろして行く。ジジ…、ジジ…、と金属の嚙み合わせが外れる音が途方もなく長く思えて、玲はもどかしさに身体を震わせるしかなかった。

「……は、っ……」

下着越しに触れられただけで、そこが随分湿っていたのだとわかる。ためらうことなく上から手を差し入れた瑛士は、潤む熱塊の先端をぐるりと撫でた。

「あ、…、ぁ……っ」

「我慢できなかったんですね。こんなに漏らしてしまって」

いけない人だ。

耳元で低く囁かれただけで全身に甘い疼きが走る。その熱を植えつけた男にこれからすべてを差し出すのだと思うと、被虐にも似た熱いなにかが胸の奥から迫り上がった。

「……あ、っ」

濡れた下着が引き下ろされる。張り詰めたものを引きずり出され、握りこまれて、それだけで達してしまいそうになった。強過ぎる快感に目の前がグラグラ揺れる。これまで何度もくり返してきた行為にも拘わらず、相手も同じ想いを抱いていると思うだけで快感は何倍にも増幅された。

長い指が裏筋を辿り、強弱をつけて幹を扱き上げる。括れを抉るように亀頭を擦られてぞくぞくした愉悦が背筋を伝った。もういくらもしないうちにこのまま吐き出してしまいそうだ。

それを試そうというのか、瑛士は自ら前を寛げるなり張り詰めた己を取り出した。

「……え？　あ、…あぁ……っ」

ドクドクと熱く脈打つ雄蕊と重ねられ、まとめて擦り上げられる。先端の孔から染み出した透明の滴が潤滑剤の役目を果たし、ほんの少し動かれただけでも足が震えてしまう。

「氷堂、っ、……んんっ……」

身体の奥でしか感じたことのない瑛士を、今自分自身で味わっている。互いの先走りで濡らし合う二本の雄を見下ろした玲は、あまりの猥りがわしい光景にごくりと喉を鳴らした。自分には瑛士の、瑛士には自分の雄の匂いが刷りこまれてゆく。互いの味でしか満足できない身体になる。「マーキングみたいだ」と呟くと、恋人はわずかに息を弾ませながら艶めかしく笑った。

「あなたに私のすべてを覚えさせたい。形も、味も、匂いも、なにもかも」

「おまえも同じようにするなら」

「同じように、させてください。——玲さん、あなたのことをもっと知りたい。もっと感じたい。私に独占させてください。あなたが欲しい……」

「あぁっ、……っ」

想いを叩きつけるように瑛士が激しく追い上げて来る。一層怒張《どちょう》した熱塊は火傷《やけど》しそうなほどに熱く、欲望そのものを覚えこまされるこの行為が堪らなく淫らで胸が震えた。

亀頭が大きく張り出した男らしい形も、最奥をねっとりと蕩かす味も、正気を失わせる雄の匂いも、なにもかもが瑛士によってもたらされるものだ。自分だけに与えられるものだ。そう思うだけで熱に煽られて止まらなくなり、今はただ、互いの放埒によって互いを濡らすことしか考えられなくなった。

「氷堂、…っ、もう……、俺……っ」

「出して、玲さん」

耳元で唆され、もう我慢できない。

「……達く、……達、……ん、ぁ、……あ……っ」

「玲さん」

極みに飛ぶ間際に唇を塞がれ、嬌声《きょうせい》さえも奪われた。

一拍遅れて瑛士も欲望を弾けさせる。たっぷりとした射精に、最奥に注がれた時のことを思い出して無意識のうちに内腑が疼いた。互いに吐き出したものが混じり合い、いまだ張りを失わない雄芯を濡らしていく。口腔を掻き回す舌の動きに合わせて白濁を塗りこめられ、恋人の手で愉悦に染められてゆくことに心が震えた。

「私のものだ……」

くちづけの合間に瑛士が囁く。

胸の疼きを教えるように玲は恋人の唇を食《は》んだ。

「俺の男だ」

相手の癖を真似ることでその想いは一層深く伝わったのだろう。瑛士は待ち切れないというように玲をベッドに押し倒すなり、強引にネクタイを引き抜いた。シャツのボタンも引き千切れそうなほど忙《せわ》しない手つきからは彼のもどかしさが伝わって来る。自分と同じ気持ちなのがうれしくて、玲もまた瑛士の服を乱すのに夢中になった。

オーダーメイドの高価なスーツが包装紙のように丸めてベッドの下に放られる。プレゼントの中身を早く見たい、そんな熱に浮かされて他のことには構っていられない。ようやく瑛士の裸体を前にした時には思わず熱いため息が漏れた。

逞しい胸、男らしく引き締まった腰。鍛えられたストイックな身体に無駄なところはひとつもなく、その中心で天を向いた怒張がやけに生々しい。ごくりと咽喉を下げると、瑛士は唆すように舌舐めずりをしながら覆い被さって来た。

「次はここで、あなたの味を覚えさせてください」

舌も露わに唇を舐られ、そのまま喰われてしまうような錯覚に陥る。瑛士は熱を残して身体をずらすと、ためらうことなく玲自身を口内に迎え入れた。

「あ、……あぁ、っ」

ぬるりとした熱いもので包みこまれ、達したばかりの花芯が喜悦に惑う。じゅぷじゅぷと音を立てて口蓋で擦られると抗うこともできなくなった。口を窄《すぼ》めて扱かれたかと思うと、舌を尖らせて先端の孔を抉られる。まるで一滴残らず精液を吸い出そうとする蛇のようで、赤裸々なまでの独占欲に目が眩んだ。

「氷堂……俺も、したい」

怒張にむしゃぶりついている恋人の髪を掻き乱す。顔を上げた瑛士の口から唾液が滴るのを見て、堪らないほど劣情が煽られた。

「交代だ。俺にもさせろ」

「うれしいことを言ってくれますね。でも、交代では私が寂しいですから」

そう言うなり軽々と上下を入れ替えられ、頭と足の位置まで逆にされる。雄々しく兆した瑛士自身を前にした途端、わずかに残る羞恥はどこかに吹き飛んだ。

下生えの感触が新鮮で、指先で掻き混ぜるようにしながら根元をゆるゆると刺激する。徐々に手の動きを大胆にしてゆくうちに、今度は自分の喉が待ち切れないというようにこくりと鳴った。残滓の匂いにつられるように口を開き、雄を受け入れてゆく。大きく張った先端はとても一口では呑みこめず、角度を変え、深さを変えながら夢中になって舐め回した。

先端を唇で吸い、舌で舐り、頬の内側で擦り上げる。口蓋に触れさせるとそれだけでぞくぞくとしたものが背筋を伝い、無意識のうちに腰が揺れた。

「……ん、っ」

唐突に自身に触れられ、驚いて口を離す。肩越しにふり返ると瑛士が妖艶な笑みを浮かべてこちらを見ていた。

「私の味はいかがですか」

「……悪く、ない」

「そうですか、それはよかった。もうすぐここで味わっていただきますからね」

言うが早いか、瑛士は戦慄く後孔に舌を這わす。

「や、め……そんな、……っ」

そんなところを舐められるとは思ってもおらず、身を捩って抵抗したものの腰を押さえつけられて一層激しく舐めしゃぶられた。孔に舌を差しこまれ、ぐにぐにと襞を舐め解かれて頭がおかしくなりそうだ。けれど混乱する頭とは裏腹に身体は素直に快楽を受け入れ、少しずつ瑛士に酔わされていく。秘所はさらなる刺激を求めてヒクつきながら男の長い指をねだった。

「あ、あ、……っ」

すっかり解け切った襞をゆっくりと掻き回されて腰が戦慄く。内胴は待ち侘びた刺激にうねりながら挿し入れられた指をうれしそうに食んだ。

与えられるものに翻弄されるあまり、目の前にある雄に舌を這わせることすらできない。口を開いては中を擦られる刺激に悶え、餓《う》えた獣のようにだらだらと唾液を垂らすばかりだ。それが瑛士自身を伝うことでどんなに彼の欲情を煽っているかも知らずに、玲はただ快楽に身悶え続けた。

「氷、堂……ん、ん……っ」

もはや身体を起こしていることもできず、雄に頬を擦り寄せるようにして上体を伏せる。それでも瑛士を味わいたくて下生えにそっとくちづけると、中の指が一層深いところをぐるりと抉った。

「あぁっ」

「誘い方がうまくなりましたね。どこで覚えて来たんです」

からかうような口調にさえ否応なしに煽られる。腰だけを高く突き上げた格好でゆるゆると前を扱かれ、熱を育てられてもどかしさに腰が揺れた。中心から生まれた熱は今や全身を覆い尽くし、息をすることさえ苦しくて堪らない。早くこれをどうにかして欲しくて縋るように根元を食むと、頭上から小さく声を堪えるのが聞こえた。

「……っ。あなたは、まったく……」

強引に指を抜かれ、名残《なごり》惜しさに後孔がヒクつく。けれどそれを見せつける間もなく身体を引かれ、シーツに胸を押しつけられた。

獣のように高く上げた尻を後ろから瑛士が見ているのが気配でわかる。足を割り開かれ、その場所を視線で舐られるのが堪らなく気持ちよくて玲自身から蜜が零れた。

「お行儀が悪いですね。漏らしては駄目ですよ」

「ん、っ」

あたたかなものが尻に触れる。それと同時にツキリとした痛みが走り、徴がつけられたのだとわかった。

「お仕置きです」

喉奥で笑うのは彼の癖だ。濡れた感触が腰骨、背中、肩胛骨へと這い上って来るに従い、熾火を灯された身体はますます肌を桃色にして男を誘った。

挑発に狂うのは雄の性か、それとも恋人への愛ゆえか。

喰らいたいと訴えるように甘嚙みされた痕があちこちに散る頃にはどちらも息が上がり、もはや体裁を取り繕う余裕もなくなっていた。首を捻り、肩越しに無理やりふり返る。情欲に濡れた目を見返した途端、どうしようもないほどに想いが募った。

「氷堂…っ」

掠れた声で名前を呼ぶなり、乱暴に唇を塞がれる。キスしたいと言葉で伝えるよりも早く、強く、思いを汲《く》んでくれる男にすべてを差し出すために口を開いた。潜りこんで来た舌は歯列を探り、歯の裏側までも舐め辿りながら口内を隅々まで暴き尽くす。眩暈がするほど濃厚なくちづけに玲は溺れるしかなかった。

自身を玩んでいた瑛士の手はやがて根元に留まり、やわやわと双珠《そうじゅ》を揉みしだいてくる。そこからさらに指を這わせ、後孔へと続く敏感なところまでをも辿られて堪らず腰がガクガクと揺れた。

「あ、……もう、……っ」

早く挿れてくれと懇願しても瑛士は応じない。いつもなら強引にねじこんで来るというのに、今夜は徹底的に焦らすようだとわかってもどかしさに身悶えた。

「私が欲しいですか」

「……わかってるくせに」

「言ってください。私をここで味わいたいのだと」

意地の悪い男だ。軽く睨みつけてやると、恋人は唆すように後孔に濡れた切っ先を擦りつけた。

「私のなにが欲しいですか？　どこに、どのくらいあげたらいいんでしょうね？」

「氷堂っ」

「瑛士です、玲さん」

要求はどんどんエスカレートしてゆく。まさか名前を呼ぶことをねだられるとは思ってもおらず、意識が逸れたところを見計らって先端がぐちゅりと襞を捲った。

「あぁっ、あ……っ」

「ほら、早く……玲さん」

耳に低音の美声を吹きこまれて手も足も出ない。そうする間にも張った雄蘂が淫らに縁を掻き回す。もうあと少し力を入れたらそれをもらえるのに、ギリギリのところで満たされない欲求に気が狂ってしまいそうだった。

「おまえ、の……それを……」

手を伸ばし、自らを犯さんとする熱い楔を握り締める。

「ここに、挿れて……全部……」

「それから？」

「……っ、中を、擦って……俺に覚えさせて。おまえの全部……形も、味も、匂いも、なにもかも」

瑛士が再び息を呑むのがわかった。

「我慢できない。瑛士」

「あなたは……っ」

苛立ちにも似た切羽詰まった声とともに腰を引かれる。ズンと突き入れられた瞬間、頭の中が真っ白になった。

「あああっ……」

一気に最奥までねじこまれ、馴染む間もなく突き上げられる。指などとは比べものにもならない圧倒的な質量に隙間もないほど埋め尽くされて玲は堪らず目を瞑った。瞼の裏には極彩色の光が弾け、身体の中も外も恋人に染め上げられるよろこびに躍る。これまで堪えてきたものをぶつけ合うような、なりふり構わない抱き方に心臓が熱く爆ぜた。

「あ、……は、っ……瑛、士……っ」

身体がずり上がるほど激しく突かれて背が軋む。押し出されるように玲自身からはだらだらと滴が零れた。自分がいつ達してしまったのかもわからない。今はただ身体の一番奥、そして心の一番近いところにいる瑛士を感じることしかできなかった。

「瑛、士……、瑛士……あ、……あぁ、……っ」

「玲さん、堪らない……」

「俺も、……いい、すごく……気持ち、いい………」

「愛しています」

万感の想いをこめて首筋にくちづけられる。応えるように中の雄を食い締めると、自分なりの愛の言葉に瑛士は一層抽挿を深くした。

「駄目、……それ以上、挿《はい》らな……ん……っ」

「もっと深く繋がらせてください。あなたとひとつになってしまいたい」

「瑛士っ……」

有無を言わさず長大な雄をねじこまれ、限界まで開かされた内胴が狂喜に震える。一突きごとに記憶は鮮やかに塗り替えられ、好きだということしかわからなくなった。

ひとつになっている。瑛士とひとつになっている。互いを雁字搦めに縛っていた柵も、言い訳も、ためらいさえもなにもなく。

頭がグラグラした。好きな相手とのセックスはなんて気持ちがいいんだろう。こんな気持ちは知らなかった。なにもかも瑛士が教えてくれた。

自分の男。自分だけの男。憎らしくて、愛しくて、一言では言い表せない感情を引き出す男。こんな感動的な体験なんて他にない。全身全霊で求め合い、奪い合い、与え合い、愛し合う。

上体を捻って手を伸ばすと、瑛士はすぐに身体を倒して求めに応じた。

「ん、ぅ……っ」

中が抉られ、ぐちゅん、と淫らな水音が響く。これ以上ないほど深く繫がり合いながら互いの舌を絡め合った。

「愛しています。あなただけだ……」

もう何度目かもわからないキスに溺れながら玲は「俺も」と囁き返す。

「俺をこんなふうに変えたのも、こんな気持ちにさせるのもおまえだけだ。だから……おまえを愛していいのは俺だけだ。おまえを覚えていいのも俺だけなんだ」

そうだろう、と独占欲を見せつけてやると、瑛士は極上の笑みでそれに応えた。

「あなたには敵いません」

音を立ててキスが落とされた後、再び抽挿が開始される。中を掻き混ぜるようにして快《い》いところばかりを攻め立てられ、全身を粟立てながらたちまち高みへと引きずられた。

「も、駄目……、達く……」

「えぇ。一緒に」

前に回された手で花芯を扱き上げられ、胴が大きくぶるりと震える。激しく収縮をくり返す内壁をこじ開けるようにして熱い楔が怒張を増した。急速に熱が集まって来る。抗えないほどの力で連れて行かれる。

「もう……、瑛士、ぁっ……瑛士……っ」

「玲さん……」

身体の奥を熱いもので濡らされる。二度目の解放にも拘わらず、たっぷりと注がれた瑛士の精液に内胴は感極まってビクビクとうねった。押し出されるようにして玲もまた蜜を噴き出す。これまでの吐精など比べものにもならないほどの快感に目の前が白く霞んだ。

瑛士は自分の放ったものを塗りこめるようにゆるゆると抜き挿しをくり返している。隅々まで彼にマーキングされることがうれしくてやんわりと雄を締めつけると、ねだるような動きに恋人は一瞬動きを止め、覆い被さりながらくすりと笑った。

「今夜は離しませんよ。何度でも抱きたい。いいでしょう？」

耳朶を甘噛みしながらねだられて、ぞくぞくとしたものが背筋を伝う。まるで発情した雄同士だ。歯止めが効かない。けれどそれが気持ちよくて堪らなかった。

「望むところだ」

玲の答えに、恋人はやわらかに相好《そうごう》を崩す。

やがて意識が闇に沈むまでふたりは熱に溺れ続けた。

目を覚ますと辺りはまだ暗く、静かだった。

ほどよい空調のおかげで肌を出していてもそう寒くはない。満ち足りた気分で身動いだ途端、そこが瑛士の腕の中であるとわかり、玲は叫びそうになるのをすんでで堪えた。

そうだ、この男と――。

眠る前の一時、どれだけ激しく求め合ったのかを思い出し、闇の中でひとり頬を熱くする。最後の方ではなにやら言わなければよかったようなことまで口を突いて出た気がするが、それも全部酔った勢いということにしておこう。そうでもなければ恥ずかしくてこのまま憤死《ふんし》してしまう。

自分自身に言い訳し、なんとか気持ちを落ち着けた玲は、ようやくのことで瑛士の寝顔に目を戻す。いつも泰然《たいぜん》と構えているところばかり見て来たせいで、こんな無防備な姿にはそれだけで興味をそそられた。

なにより、眼鏡をかけていない彼はそれだけで新鮮だ。昨夜の激しさを物語るように寝乱れた前髪が額にかかっているせいか、こうして見るといつもよりずっと幼く見えた。

自分より六つも年上の男をかわいいと思う日が来るなんて、自分でもどこかおかしいのではないかと思う。それでも、今この瞬間の胸があたたかくなるような幸福感は他のどんな言葉にも代えられなかった。

シャープな頬のラインを視線で辿る。もう何度も触れた形のいい唇が、時に冷淡に、時に情熱的になるのを知っているのはきっと自分だけだ。そう思うだけで胸底がやさしく揺すられ、しあわせな気持ちが広がって行くのがわかった。

どれくらいそうしていただろう。

我に返るに従ってじわじわと恥ずかしくなってしまい、寝返りを打とうとしたところでやんわりと引き戻される。驚いて顔を上げると、瑛士が頬をゆるめてこちらを見ていた。

「どこに行くんですか。まだ眠いでしょう」

そう言って玲を腕の中にくるみこむ。

「お、起きていたのか?」

とっさに出た声は驚くほど掠れていて、それが一層羞恥を煽った。

「あぁ、啼かせ過ぎましたね」

髪に瑛士のキスが落ちる。ごく自然にそんなことをされて、今度こそ本当に悶死するかと思った。まったくどうしてしまったんだ、こんなに甘やかす男だったなんて。

玲が顔を顰めていると、雰囲気でそれを察した瑛士がふっと笑った。

「何度も確かめたい気分なんです。あなたが本当に私のものになってくれたんだと」

「瑛士……」

「疑っているわけではありません。ただ、確かめたいんです」

その気持ちは玲もなんとなくわかる。いろいろなことが怒濤のように押し寄せて混乱していたし、衝動に突き動かされるまま身体を重ねたこともあって、少し落ち着いて話をしたい気分だった。

それは瑛士も同じだったようで、「なにから話しましょうか」と水を向けてくれる。やさしい声にほっと息を吐き出した玲は、本当はずっと聞いてもらいたいことがあったのを思い出した。

「昔の、話をしても……？」

「ええ。聞かせてください」

促すように髪を梳かれる。瑛士の胸に身を預け、トクトクと打つ鼓動を聞きながら、玲はゆっくりと口を開いた。

「俺は、誰かを好きになるのも、セックスするのも、ずっと弱い人間のすることだと思ってた。自分ひとりで立てない人間がなにかに凭りかかるためにすることだって……」

生まれた時から将来を嘱望《しょくぼう》され、ＨＩＢＩＫＩを背負って立てとのプレッシャーに晒され続けたせいで自我ばかりが強くなり、他の子供とは違う、自分は特別なのだと思って育った。

自立心が育《はぐく》まれたと言えば聞こえはいいが、要は他人を信用しない、他人とは馴れ合わない内向的な性格に矯正《きょうせい》されてしまったとも言える。兄弟のいない自分には身近に比べる人もなく、親の言うとおり生きることが当時の指標のすべてだった。

今考えればおかしいこともたくさんある。自嘲を漏らすと、瑛士は労るようにやさしく頬を包みこんだ。

「その頃のあなたに会いたかった。きっと、痛々しいほどまっすぐな目をしていたんでしょうね」

自分たちがはじめて出会った頃だ。

「ヴァイオリンだけが生き甲斐だった。好きだったんだ。弾いている間だけは嫌なことも忘れられた。……だがそれも、結局はやめるしかなかった」

瑛士は、どうしてとは聞かない。玲が話すのを待っているのだ。肉親の恥を晒すようで打ち明けるには時間を要したものの、それ以上に聞いて欲しい気持ちが勝った。彼には知っていて欲しい。彼にはわかっていて欲しい。そんな思いが背中を押す。

実の父親に不正を働かれたのだと呟くと、瑛士はまるで自分の方が傷ついたような顔で眉間に深く皺を寄せた。

玲は、恋人を慰めるように肩にくちづける。

「そんなことがあったせいだな——ヴァイオリンを見るだけでも辛い時期があった。どんなに仕事だと割り切ろうとしても、演奏会からは足が遠退きがちだったしな……。でも、今は違う。おまえの家でブロックを見せてもらったせいかもしれない」

「あんなもので……?」

訝しげにこちらを向く瑛士に、玲はうれしくなって小さく笑った。

「初心を忘れないようにって言ったろう。それを聞いて、はじめてヴァイオリンを手にした時のことを思い出したんだ。……今でも覚えている。すごく綺麗で、触るのがもったいなかった。乱暴に扱ったら壊れてしまいそうでなかなか弦に弓を置けなかったし、開放弦を鳴らしただけで感動して胸が震えた」

小さい頃のことなんてほとんど曖昧にしか覚えていないのに、それだけは強烈に脳裏に焼きついている。だからこそ、ヴァイオリンを失った時に自分は無意識のうちに記憶を封じたのだろう。

それが今、再び蓋を開けることになるとは思いもしなかった。瑛士という、まったく別の角度から楽器に向き合う人間と出会ったことで遂にパンドラの箱は開かれたのだ。

「おまえはいつから楽器造りを……？」

思い切って問いかけると、瑛士は遠くを見るように天井に目を向けた。

「はじめて工具を持たせてもらったのは、中学生の頃でした」

当時サッカー部の部活に明け暮れていた瑛士は、中学二年生でレギュラー入りを果たし、家業などそっちのけで毎日泥だらけになっていたという。

「ですが練習中に怪我をしましてね。当然部活は休み、レギュラーも降格。相当腐りましたよ」

苦笑に遠い日の面影を探す。家に帰っても暇を持て余した瑛士は、なんとはなしに工房に出入りするうちにあらためてヴァイオリンに興味を持つようになったのだと続けた。

「うちは共働きだったんです。母親は看護師をしていたので勤務時間も不規則で……。そのせいで、私は工房の隅にある囲いの中で父親に子守をされて育ちました。楽器を調整する父親の後ろ姿を覚えています。たまに試し弾きをするのがとてもうらやましかった」

懐《なつ》かしそうに目を細める。思い出の中の父親を見ているのだろう。

木の板から楽器を創り出したり、壊れたところを直したり、かと思えば巧みに音を紡《つむ》いでみせる。その妙技を見ながら育ったという瑛士は、自分も同じことをしようとしてひどく叱られたのだそうだ。

「父は楽器に関してはとても厳しい人でした。職人気質というやつでしょうね。私が遊び半分のうちは道具に触ることも許してくれませんでした。……高校生になって、おぼろげながら将来のことを思い描いた時に、はじめて自分も父親と同じように製作者になりたいと思ったんです」

本場で修行したいと言い出した息子に、父親は当然のように反対した。自分のような苦労はさせたくない、もっと堅実な道を選べと何度も諭《さと》した。けれどどれだけ話し合いを重ねても折れようとせず、そのたびに自らの進路を具体的に語る瑛士に遂には父親の方が根負けした。その時交わしたのが後にも先にもこれっきりとなる、男の約束だったという。

「父は、口では私を心配しながらも、やはり息子が自分と同じ道を選んだことがうれしかったんだと思います。ゆくゆくは後を継がせる、だからなにがあっても工房は手放さないと口癖のように言っていました。……結局は、その約束が徒《あだ》になってしまったんですよね」

ＨＩＢＩＫＩから専属職人にならないかと誘われた時、瑛士の父親は頑なに拒んだ。単に仕事場を移るのが嫌だったのではない。息子との約束を守るため、文字どおり工房を死守しようとしたのだ。

けれどそのせいでＨＩＢＩＫＩからの仕事は途切れ、その後も陰湿な営業妨害によって徐々に仕事を失い、追い詰められていった。唯一の稼ぎ頭となった母親も無理が祟《たた》って身体を壊し、家事もままならなくなった。当時大学受験を控えた瑛士は、そんなギリギリの状態の両親を歯痒く見守ることしかできなかった。

「あの頃の私に力があれば、父は死なずに済んだかもしれない。母も苦しまなかったかもしれない。今でも時々夢に見ます」

夢は決まって父に連れられ、銀座大通りを歩いているところから唐突にはじまる。そして交差点を渡ってすぐ、HIBIKI本店を見上げている場面で終わるのだ。

「昔、そこであなたと擦れ違ったんです。社長の一人息子だと父から聞きました。当時の私にとって、HIBIKIは家を壊した憎むべき会社でした。そのトップの息子と知って、憎悪の対象がいよいよ具現化したと思いました。なんの苦労も知らないような十二歳の子供にさえ頭が上がらないのかと思うと悔しくて悔しくて堪らなくて、激しい憤《いきどお》りを覚えたんです」

完全な逆恨みだとわかっていても、その時の瑛士にはどうしようもなかった。会社という漠然とした組織に恨みをぶつけてもどうにもならない。

けれど相手が人間なら話は別だ。そんな、ターゲットを見つけた矢先のことだった。

「その年の暮れでした。父親が自殺したんです。すべて片づけ終わった、ガランとした工房の梁《はり》から首を吊って……」

「……っ」

病気や過労ではなく、自らの手で命を絶ったと聞いて背筋が凍った。

最後まで約束を守ろうと足掻《あが》いて死んでいった彼はどれほど無念だっただろう。その遺志を息子である瑛士が継いだとしてもなんらおかしくない。ＨＩＢＩＫＩの一件がなければ今頃は瑛士が工房で楓に鉋《かんな》をかけていたかもしれないのだ。

絶句する玲を気遣うようにやさしい手が髪を梳いた。

「もう終わったことです」

「でも」

「忘れてはいけないけれど、乗り越えなければならない。――――父に代わって仇を討つことだけを考えて生きてきましたが、父がそれを本当に望んだかどうかはわかりません。ただひとつ言えるのは、彼は信念の男だったということです。私が自分の道を歩いて行くことをよろこんでくれるはずです」

瑛士は意を決したように起き上がり、鞄《かばん》から薄い封筒を取って戻って来る。

「公証人役場で捺印《なついん》してもらった書類です」

一気に血の気が引いた。内部告発するために用意していたものに違いない。どうするつもりかと固唾を飲んで見守っていると、瑛士は厳重に封緘《ふうかん》されているそれをなんのためらいもなく破り捨てた。

「これで、すべてなかったことになりました」

「……え？」

「万が一裁判になったら証拠として提出しようと準備していましたが、開封しては効力は無効です。私は、はじめからなにも知らなかった」

「瑛士……」

「言ったでしょう。私は会社ではなくあなたが欲しいんだと。揺さぶるための材料は揃えても、それであなたが手に入らないなら意味がない」

皮肉に愛情をこめる男が憎らしくも愛おしい。身体を預けるように抱きつくと、瑛士はそれをなんなく受け止め、代わりに唆すようなキスをよこした。

「本気ですよ」

「とんでもない男だな」

「そういうところも好きでしょう」

よく言うよ、と小さく答えてから顔を見合わせて互いに噴き出す。啄《ついば》むようなキスをくり返すうちに、胸の中があたたかいもので満たされてゆくのがわかった。

お互いどれだけのものをなくしてきたんだろう。どれだけのものを諦めてきたんだろう。それでも辿って来た道がこの瞬間に繋がっているのだとしたら、これまでのすべてに感謝してもし足りないくらいだ。もう過去を否定しながら生きなくていい。現実から目を逸らさなくていいのだ。

そう思ったら愛器のことが頭に浮かんだ。

「久しぶりにヴァイオリンに触りたい気分だ」

長いことケースを開けていないから、コンディションを調整するところからはじめなければいけないだろう。湿度によっては表面が傷んでいるかもしれないし、弓も弦も張り替えた方がよさそうだ。

そう言うと、瑛士は思いがけない提案をよこした。

「私にやらせてもらえませんか」

玲は思わず身を起こす。

「できるのか」

「マイスターの称号を持っていない、ただの見習いに預けてよければ」

矢も楯もたまらず頷くと、恋人はふわりと相好を崩した。

これから先、瑛士とこんなふうに繋がっていけるのだと思うと胸が熱くなる。自分の大切なものを預けられるのは彼しかいない。そしてそれは楽器だけでなく――。

「仕事でも支えてくれるんだろう？」

教育係という立場をあらためたとしても。

「あなたのお望みどおり、なんなりと」

得意げな眼差しに艶を混ぜる男に、玲もまた策士然と微笑んだ。

「それなら、これからは社長補佐として傍にいてくれないか」

「よろこんで」

恋人が極上の笑みで快諾する。

互いの間に生まれた新しい絆《きずな》を祝福するように、ふたりはどちらからともなく瞼を閉じた。

あとがき

こんにちは、宮本《みやもと》れんです。『執愛の楔』お手に取ってくださりありがとうございます。

今回は、アンビバレンツなアダルトラブがテーマでした。最悪な出会いからはじまったふたりがお互いを知るうちに愛と憎しみに悶え苦しみ、何度も現実から目を逸らそうとし、それでも抗い切れずに最後は己の信念や矜恃をねじ曲げてでも欲しいと相手を求める——そんな恋愛が書きたくて生まれたお話です。

特に、瑛士《えいじ》に裏切られたとわかってショックを受けた玲《あきら》が自分の気持ちに気づくシーン、これが最後だと思いながら好きな相手に抱かれる彼の揺れる内面は、このお話を書こうと決めた時からはっきりと見えていたものでした。悔しさに押し潰されそうになりながら、それでも強がらずにはいられない玲の「そうだろう、前田《まえだ》瑛士」という台詞を書いた時に彼の苦しみの深さを私の方が教えられたように思います。

そんな玲を翻弄し、支配する立場だったはずの瑛士が玲に惹かれてゆくことで箍が外れ、内面をさらけ出す過程もまた書き甲斐がありました。憎むべき玲を潰すのではなく喰らいたい、己の中に取りこみたいと思った時点で、瑛士は死なば諸共と一蓮托生を覚悟したのかもしれませんね。

瑛士には玲を標的にする根拠があり、玲には瑛士を憎む理由があったけれど、それさえお互いの愛で越えて行けて本当によかった。クライマックス直前まで胃の痛い展開だったせいで書いている本人ですら心配でしたが、これからは相手を満たし合いながらしあわせに暮らすのでしょうね。今回は本編の余韻を残すべく短編収録とはなりませんでしたが、ふたりのその後を想像するのも楽しいです。歯の浮くような台詞や行動で玲を悶死一歩手前に追いこむ瑛士なんてどうでしょう。結ばれるまでが辛かった分、玲には気の毒ですが、瑛士には恋人を徹底的にかわいがり倒してもらいたいものです。

最後になりましたが、挿絵を手がけてくださいました小山田《おやまだ》あみ先生。いつかご一緒させていただけたらと思っておりましたので、このような機会をいただけて大変光栄です。玲は危うさを孕みながらも凛と、瑛士は噎せ返るような男の色気を漂わせ、素敵に描いてくださり本当にありがとうございました。カバーのヴァイオリンケースに感激しました。いつも心強いアドバイスで助けてくださる担当K様、今作でもありがとうございました。これからもどうぞよろしくお願いします。そして、読んでくださったすべての方へ心から感謝を。よろしければご感想など聞かせてくださいね。楽しみにお待ちしております。

それではまた、どこかでお目にかかれますように。

二〇一四年　美しき花の盛りに

宮本れん

この本を読んでの
ご意見・ご感想を
お寄せ下さい。

〒151-0051
東京都渋谷区千駄ヶ谷4-9-7
(株)幻冬舎コミックス　リンクス編集部
「宮本《みやもと》れん先生」係／「小山田《おやまだ》あみ先生」係

LYNX ROMANCE
リンクス ロマンス

執愛の楔

2014年3月31日　第1刷発行

著者……………宮本《みやもと》れん
発行人…………伊藤嘉彦
発行元…………株式会社　幻冬舎コミックス
〒151-0051　東京都渋谷区千駄ヶ谷4-9-7
TEL 03-5411-6431（編集）
発売元…………株式会社　幻冬舎
〒151-0051　東京都渋谷区千駄ヶ谷4-9-7
TEL 03-5411-6222（営業）
振替00120-8-767643
印刷・製本所…株式会社　光邦
検印廃止

ISBN978-4-344-83090-5 C0293
Printed in Japan

幻冬舎コミックスホームページ　http://www.gentosha-comics.net